译文纪实

アラフォー・クライシス

「不遇の世代」に迫る危機

NHK「クローズアップ現代+」取材班

[日] NHK“Close-up 现代+”节目组　编著
陆求实　译

中年危机观察

失意的一代

上海译文出版社

写在前面

公元 2000 年到来的那一瞬间，我正在位于东京涩谷的 NHK 新闻中心——作为新闻频道的节目解说员，由于担心公历纪元的后两位数字从“99”跨入“00”的那一刻，电脑操作系统可能出现无法预见的故障，因而我提前赶到了那里。结果当然是并没有出现我所担心的情形，系统实现平稳切换，1999 年年底的神经紧绷的状态，终于被一种喜悦之情所代替，我们迎来了千禧之年，进入了一个新世纪。其时兴起的“互联网浪潮”，给泡沫破灭后处于长期低迷的日本经济带来了些许复兴的好兆头，那一刻，我想许多人都满怀着同样的憧憬，希望新的世纪能给人们带来吉福。

然而，“互联网浪潮”很快灰飞烟灭，成为“互联网泡沫”。2000 年的日本股市开盘指数为 18 900 多日元，至年末收盘时全年下跌约 30%。翌年又逢美国发生“9·11 恐怖袭击”事件，令日本经济再次跌入持续多年的萧条。

受这波平成[①]经济不景气影响最显著的，是当时即将离校踏上社会的年轻人，2000 年大学应届毕业生的求人倍率[②]跌破 1，有人甚至参加了数十家企业的面试仍然拿不到一纸录用通知书，知名女艺人坛蜜女士就是这群人中的一个。这种状况令年轻学子不得不沮丧地认为：自己没有资格踏上社会，是不为社会所需的多余的人。

这批年轻人日后也一直身处严峻的形势之中。时至今日，将近20年过去了，以专题形式集中反映他们是如何持续遭受着经济、社会两方面打击的，便是NHK（日本广播协会）“Close-up现代+”[③]节目于2017年及2018年分两次播出的《中年危机观察：失意的一代》专题片[④]。

专题片发现，处于40岁上下即就业冰河期这一年龄段的人与其他年龄段的人相比，平均收入最多要低2万日元；同时发现，不论他们有过多少非正规就业的从业经历，一概不被视作实际工作技能，因此他们的职业发展也几乎前景无望；此外，由于收入较低的原因，他们在结婚、子女教育等方面也面临不利状况，有不少人对年迈父母的照料也力有不逮，因此心怀不安。由于他们很不巧刚好在就业冰河期踏入社会，以致他们这代人与其他年龄段的人之间有着明显的差别，时至今日仍在咀嚼这种差别带来的苦涩——这个专题片的内容让观众产生了强烈的共鸣。

我作为解说员主持播出了这一节目，然而说来惭愧，中年这个

---

① 平成：日本第125代天皇的年号，自1989年1月改元至2019年4月结束，这一时期被称为“平成时代”。本书中出现的平成二十六年、平成二十八年、平成三十年等分别对应的是公元2014年、公元2016年、公元2018年等。——译者（本书所有注释均为译者所加）

② 求人倍率：用工单位方面的需求人数与求职者人数之比，为某个时期社会总劳动力需求状况的代表性指数之一，其中最近2个月内的需求人数与求职者人数之比又被称为“有效求人倍率”。

③ Close-up现代+（英译名为Today's Close-up）：NHK自1993年开始播出的一档新闻类节目，每周一至周四在NHK综合电视台和NHK World TV及NHK World Premium播出。节目每期就一个主题播出记者的调查报告，并有对专家学者的访问，节目主题涉及从日本国内到国际社会问题，以及社会世态、关注热点等，内容广泛、可信度强。

④《中年危机观察：失意的一代》专题片：其中的中年群体特指节目播出时（2017、2018）年届35岁至44岁的中年人，即“40岁上下”年龄段的人，且主要指女性。

群体的生活实态却从未引起过我的深思。虽然派遣制员工的待遇问题曾在新闻节目中被提起过，发生在秋叶原的持刀伤人事件中的犯人因其非正规就业者的身份而受到过关注，但这些具有标志性意义的现象并未让人们将其与就业冰河期世代①这一群体性的存在联系起来加以重视。“40 岁上下”世代这一群体现在正处于工作、育儿最活跃也最受社会期待的年龄段，可是，如果在他们中间占比不低的人根本无法做到工作和育儿两方面齐头并进的话，那么整个社会的进步和发展势必出现断裂，并且他们的子辈甚至孙辈仍将继续重复他们现今所遭遇的这一切。考虑到如今处于“40 岁上下”年龄段的人在他们老后，社会保障的负担很可能将比现在更重，因此，他们所面临的问题绝不仅仅是“40 岁上下”这一代人的危机，全社会所有人都不能侥幸地认为事不关己。

本书通过对多位当事人的采访，从工作、结婚、养老等诸个角度，来揭示中年危机的真实现状。通过每一个被访者殷切的心声，想必读者对这个问题的深刻性可以有所感知。与此同时，本书还尝试探索了若干应对这一危机的具体的处理方案。

《中年危机观察：失意的一代》专题片制作组（正文中简称“节目组”）的成员年龄、世代各不相同，其中奔波于现场第一线的两位编导分别是 30 岁不到和 30 岁出头的年轻人，他们都恰恰是就业冰河期过去之际进入职场的；解说员、笔者本人以及主导整档专题片

① 就业冰河期世代：世代，日文中常指因共同经历或时代背景而具有相同心理结构和社会行为模式的一群同龄人；就业冰河期则是指因泡沫经济崩溃而造成大规模就业难并成为一大社会性问题的时期，特指平成五年至平成十七年（1993—2005）这段时期。在本书中，“就业冰河期世代”与“中年群体”“‘40 岁上下’世代”这两个概念大致涵义相同。

制作的总制作人则是所谓的泡沫世代，都是在泡沫经济破灭前夕入职，是几乎对“令人绝望的求职活动”完全无感的一代。但是，协调这档专题片采访及制作进行的编辑主任是在2002年也就是就业冰河期最严酷的时候入职的，因而对于同一世代人深陷其中的失落和不幸感同身受，他成为了推动和指挥整档专题片进行下去的强大的引擎。不同世代的专题片制作组成员，面对这一危机的真实现状时都深感震惊，心情久久难以平复，正是带着这样的共感共情，专题片制作组完成了所有的采访和制作工作，而将这一成果以文字形式归纳而成的便是这部《中年危机观察：失意的一代》，通过本书，若能使读者对于曾经被忽视掉的“40岁上下”这一代人身处的困境有所了解，也算是我们的一个小小慰藉。

“Close-up现代+”节目解说员　武田真一

目录

第一章　逃不脱一连串的失败命运

——中年危机：就业篇

第二章　想和拥有一定经济实力的女性结婚
——中年危机：婚姻篇

第三章 绝非与己无关的“7040 问题”

——中年危机：家庭篇（家人护理及兄弟姐妹关系）

第四章 “我恨这个毫不作为的社会”

——中年危机：社会反响篇

第五章 希望不是给予的，而是创造出来的

——中年危机：对策/援助篇

第一章　逃不脱一连串的失败命运

——中年危机：就业篇

1　震惊！“收入的世代间差距”暴露？

东京，新桥。节目组工作人员请下班后匆匆往家赶的工薪族稍稍停步。当拿出写有一组信息的题板亮给他们看的时候，所有人全都情不自禁地发出了“啊！”“不会吧?!”“是真的吗……”这类惊叹。

题板上写着的，是节目组给出的工薪族收入的相关数据，数据显示了 2015 年与 2010 年相比较，各个世代大学本科及研究生应届毕业生的月收入变化情况。

收入的变化	联合综合生活开发研究所根据“工资结构基本统计调查”数据制成 2015年与2010年比较
20岁至24岁	+5 200日元
25岁至29岁	+8 700日元
30岁至34岁	+6 400日元
35岁至39岁	**–4 300日元**
40岁至44岁	**–23 300日元**
45岁至49岁	+2 200日元
50岁至54岁	+21 100日元
55岁至59岁	+8 000日元

以上表格显示：20 岁至 24 岁年龄段的人月收入平均上升 5 200 日元，25 岁至 29 岁年龄段上升 8 700 日元，30 岁至 34 岁年龄段上升 6 400 日元，45 岁至 49 岁年龄段上升 2 200 日元，50 岁至 54 岁年龄段上升 21 100 日元，55 岁至 59 岁年龄段上升 8 000 日元……

似乎所有世代都有所上升……且慢，35 岁至 39 岁年龄段居然减少了 4 300 日元，40 岁至 44 岁年龄段更是平均每月减少了 23 300 日元！也就是说，只有“40 岁上下”世代的收入与 5 年前相比是减少的。

“就是说，与（身旁泡沫经济时期入职的）前辈比较的话，我的收入是减少了。”（与 47 岁的前辈一同赶路的 41 岁某工薪族）

“我儿子就是这个年龄段，真叫人受伤啊。”（某 60 多岁的女性）

这个现象大概可以称之为“中年断层”。那么，究竟是什么原因导致只有“40 岁上下”这个世代的收入发生了减少呢?

2　调查报告《如何避免出现新的就业冰河期世代》

2015年10月至2016年9月，由公益财团法人“联合综合生活开发研究所”牵头，一个关于“就业冰河期”世代的委员会设立并开展了一系列研究工作，委员会的研究成果被汇总成一份题为《如何避免出现新的就业冰河期世代》的调查报告。其中，关于此项研究的目的报告指出：

> 冰河期世代目前年龄在40岁上下，正处于身为社会中坚力量的关键时期，然而其非正规就业的比例相对于其他世代明显更高，因此可以推定，他们在工作、家庭、生活诸方面的实际情况乃至意识上，都与之前的各个世代有很大不同。（中略）通过此次调查，准确把握就业冰河期世代在工作、家庭、生活诸方面与其他世代的差别，以及他们所显示出来的经济、消费等相关方面的实际情况，明确存在问题的同时，向全社会提出警示：这是一个不容忽视的社会大问题。与此同时，本报告还将就今后对这一问题的对策提出相应建议。

在这里，让我们根据这份调查报告，对本章篇首亮出的关于各世代收入变化的数据进行进一步的分析。

3　高中毕业、高专/短期大学毕业、大学本科/研究生毕业……就业冰河期世代无一例外收入减少

下图是根据厚生劳动省每年发布的“工资结构基本统计调查”结果，按照每5岁一档的各年龄段及不同学历制成的2010年至2015年期间一般劳动者的固定现金形式工资收入情况。

大多数年龄段劳动者的固定现金形式工资收入有所增加的同时，部分劳动者与5年前相比，收入却有所减少：

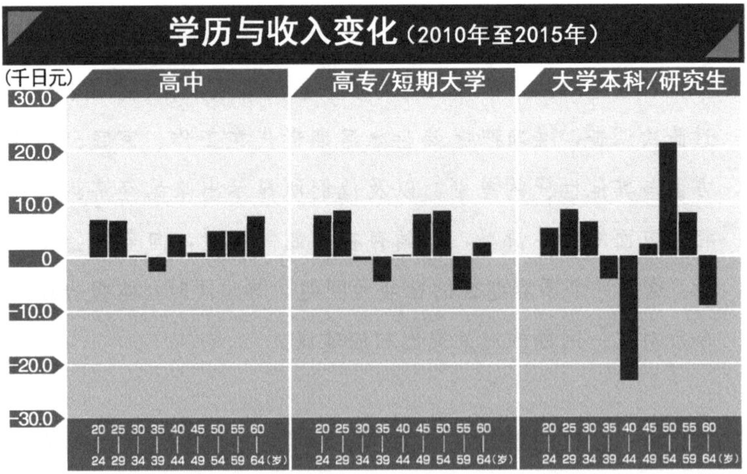

联合综合生活开发研究所根据厚生劳动省工资结构基本统计调查数据制图

① 高中毕业，35 岁至 39 岁（平均减少 2 700 日元）

② 高专/短期大学[①]毕业，30 岁至 34 岁（平均减少 700 日元）、35 岁至 39 岁（平均减少 4 700 日元）

③ 大学本科/研究生毕业，35 岁至 39 岁（平均减少 4 300 日元）、40 岁至 44 岁（平均减少 23 300 日元）

这意味着，这部分劳动者与自己上一年龄段（年长 5 岁）的人相比，在相同年龄时期只能获得较其更低的工资。

完成最终学历后直接进入职场的年龄高中应为 18 岁、高专/短期大学大致为 20 岁上下、大学本科/研究生大致不低于 22 岁，据此来反推，可以得知他们分别是在何时进入职场的：

① 的劳动者毕业就职时期→1994 年至 1998 年前后

② 的劳动者毕业就职时期→1996 年至 2005 年前后

③ 的劳动者毕业就职时期→1993 年至 2002 年前后

这与各类毕业新生就职情形十分严峻因而被称作就业冰河期的那段时期完全吻合。据此也可以推断出这样一个结论：在这个冰河期的上一年龄段与下一年龄段之间，就工资层面而言存在着一个巨大的断层。断层下方的大学本科/研究生毕业 35 岁至 39 岁这个年龄段的收入减少超过 4 000 日元，减幅看似在缩小，但这里必须看到的是，他们较之收入业已大幅度减少的上一世代即 40 岁至 44 岁年龄段的人仍有进一步的减少。

报告通过对工资结构基本统计调查的数据进行分析，得出了如下结论："以被称为就业冰河期的世代为中心，在其前后世代之间存

① 短期大学：日本的短期大学是在二战后学制改革的浪潮中发展起来的一种高等教育制度，其办学宗旨主要是面向已完成中等教育的人进行专门的职业技术教育，使他们具备就业和实际生活所必需的能力，学制一般为 2 年至 3 年。

在着一个巨大的工资断层。在就业冰河期毕业进入职场的世代，同他们的上一世代相比，收入减少是一个不争的事实，并且这种影响直到今天仍然存在。不仅如此，在这个世代身上还可以看到这样一种特征，即企业的正式员工工资同样减少。不可否认，倘若他们毕业就职的时期向前或向后错过就职冰河期，或许就不会遭受这种不利了。”

4　玄田教授直言“一开始，还以为统计出了错呢”

节目组采访了负责此次调查数据分析及撰写报告的专家，想听听专家的看法。节目组记者敲开了东京大学社会科学研究所玄田有史教授的研究室的门。玄田教授的研究领域是劳动经济学，他以在“啃老族”及“期望社会学[①]”领域的研究而声名在外。

玄田教授专门针对2000年就业冰河期踏入职场的年轻人的雇用状况做过研究。时间过去了10多年，当时的年轻人如今已经步入30多岁近40岁或40岁出头的年纪，被称作了“中年”，他很想知道这些人如今又是什么样的状况。因为这层缘由，他参与了前面提到的“就业冰河期世代的经济、社会的影响与对策研究委员会”，并担任主任委员。由于过去曾在《中年危机观察：失意的一代》专题片中担任过嘉宾，玄田教授在百忙中抽出时间，爽快地接受了节目组记者的本次采访。

我们走进教授的研究室，教授开门见山地谈起，其实此次调查结果令他非常惊讶。

“在对被调查者的收入进行逐月比较后，得出了一个结果：冰河期世代（40岁至44岁）平均收入要少大约23 000日元。一开始，我们还以为统计出了错呢，反复进行了多次验算之后，仍然是这个结果。不同的世代间，每月收入居然出现这样巨大的差距，实在是非常令人吃惊，因为之前从没有觉得不同世代之间每月的收入竟然会有这么大的差距。”

玄田教授进一步补充说明他为什么会感到“吃惊”。教授曾经对2000年代初期，也就是很不幸在就业冰河期就业的年轻人进行过研究调查，他当时认为：读完大学并顺利毕业然后踏入职场的人，与高中毕业后立即就业的人相比的话，应该更不容易受到就业形势的影响。

按照玄田教授最初的假想：因为在日本有着这样一种机制，年轻人高中毕业踏入职场之际，学校会为学生提供一定程度的就业中介服务，而一旦错过了这种机会，就此沦为无固定职业的打工族的概率就会大大增加；大学毕业之后再踏上社会的人，即使开始的时候可能会遭遇不利，但其后还是有更多的机会扭转不利处境。然而随着时间过去数十年，再对30多岁至40多岁的人群的长期追踪调查却让他发现，大学毕业后踏上社会的人反而处于更加不利的困境，这样的结果大大出乎教授最初的假想。

---

① 期望社会学（Social Sciences of Hope）：研究个体的社会期望和外界现实存在的各种社会问题之间的关系，以提出解决方案为目标的新型交叉学科，研究对象包括但不限于啃老、低欲望、低龄化犯罪、劳动与家庭及育儿的关系、女性就业等，除引入心理学和社会学的基本原理及研究方法外，它还与经济学、政治学、法学、哲学、历史学、人类学等学科有密切关联。日本东京大学社会科学研究所自2005年起在岩手县、福井县等地开展了一系列实地地域调查。

5 “40 岁上下”世代收入减少的元凶是……

世代之间的收入差距不禁令专家诧异。这种现象被称为“中年断层”。为什么会出现这种现象？玄田教授对此又是如何看的？节目组提出这个疑问，玄田教授当即给出了明确的回答。“最大的理由就是，毕业生集中录用这种极具日本特色的用工方式，这种方式对这种现象的产生起了很大的作用。倒推过来讲，假如从学校毕业时错过了成为企业正式员工的机会，以后就很难再找到这种机会了，这样的情况最多的就发生在冰河期世代身上，倘若在一个即使在毕业生集中录用时没有得到理想工作，但是中途仍有许多成为企业正式员工的机会的社会，就不会出现差距如此巨大的现象。”

6 各个世代截然不同的求职活动记忆

而事实上，各个不同世代的求职活动其严酷程度又有什么不一样呢?

采用最为广泛的指标就是大学应届毕业新生的求人倍率。根据“RECRUIT 职业研究所”的调查结果，制成下图。如图所示，1980 年代后期至 1990 年代前期的泡沫经济时期，大学应届毕业新生的求人倍率轻轻松松地超过 2 倍，1988 年为 2.48，1989 年为 2.68，1990 年为 2.77，1991 年为 2.86。

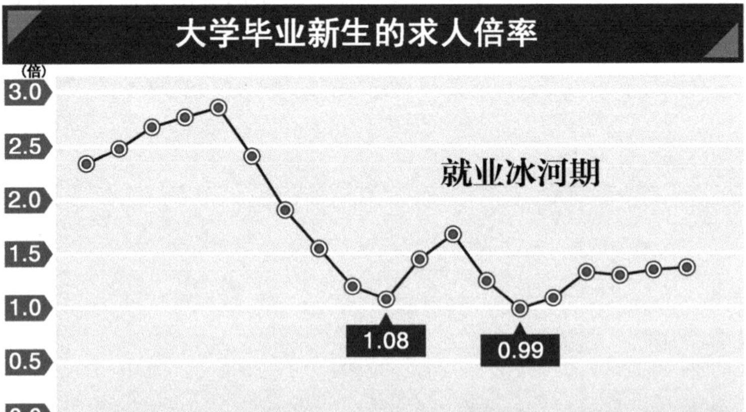

根据RECRUIT职业研究所的调查制图

毕竟那个时候，日经平均股指早已越过3万日元大关，最高达到了38 915日元（1989年12月）。日本的经济总规模以惊人的速度不断膨胀，几乎所有企业都陷入劳动力严重不足的境况，因而就业市场完全成为卖方市场，不少企业为了吸引学生的关注，在电视上投放大量广告，提供豪华的工作餐等，提前抢夺人才。当时手机刚刚开始普及，不像今天这样人手一部，企业为了确保争夺到学生，纷纷举办所谓的“隔离旅行”，以研修等名义将学生带至国内甚至国外旅行，为的是不让已经内定的学生被其他企业撬走。

经历过泡沫经济时期求职活动的人少不了值得拿出来夸耀一番的小插曲。“参加企业的招聘说明会支付交通费那是天经地义的事!”“跑去听企业的招聘说明会，结果宣布：‘在场的所有人我们全部内定录用!’”“去打工还不如参加企业的招聘说明会挣的多呢。”“内定仪式是在夏威夷举行的。”诸如此类，放在当下简直叫人不敢相信的做法，在当时却是极为普通的。

然而，随着泡沫经济破灭，企业的招聘意向急转直下，全社会进入了就业冰河期。求人倍率1996年跌至1.08，一直到2000年代中期为止才有所回调，企业的招聘意向始终在低水平徘徊。最不幸的，应该是2000年前后就业的人群，1999年的求人倍率为1.25，2000年跌至最低，只有0.99，2001年也仅为1.09。不幸在这一时期开始求职活动的人，如今正好是“40岁上下”世代。

冰河期开展求职活动的人，与泡沫经济时期开展求职活动的人，各自的记忆可谓截然不同。“没有一家企业招人，我不得不自己冲到写字楼一家一家去问。”“简历投了50家，统统被拒，彻底伤了。”

“企业连一封‘谨祝邮件[①]’都没有，完全没有回应啊！”那时候，应届毕业新生一个都不招聘的所谓“零招聘”企业不在少数。因此，许多人想进入从小渴慕的企业工作，但是却连报名应聘的机会都没有。

① 谨祝邮件：日本学生用语，指企业向应聘学生发送的不予录用通知，一般在文末都写有“谨祝继续努力并最终成功！”，故而有此谑称。

7 成不了正式员工，进不了大企业……

世代不同，对于其踏入职场、找到的初职（第一份工作）有什么样的影响？东京大学社会科学研究所的近藤绚子副教授针对 30 岁至 49 岁的男性，进行了题为“初职或跳槽经历与目前职业的关系”的调查。

审视不同世代中正式员工占所调查人数的比例可以发现，45 岁至 49 岁人群的这个比例为 95.8%，而 40 岁至 44 岁人群的该比例为 88.6%、35 岁至 39 岁人群的同比仅为 84.9%。这意味着，泡沫经济时期踏入职场的人其初职即成为企业正式员工的比例，要高于其后在冰河期就业的人。与此同时，同泡沫经济时期就业的人相比，冰河期就业的那个世代的人进入从业员工规模在 3 000 人以上的大企业就业的比例也很低，大多是在从业人数不足 100 人的小企业就业。

初职的属性，对员工的离职率，以及今后的第二、第三份工作都会产生影响。初职为正式员工的场合，一方面员工离职率本来就较低，另一方面即使离职，后面一份工作同样为正式员工的概率也较高。至于企业规模，由大企业跳槽至中小企业的事例自不罕见，而从中小企业向大企业流动的事例则微乎其微。

经常听人说："毕业新生刚进入职场假如没能成为企业正式员工的话，将来也很难成为正式员工，所以也很难赚到很多钱。"

那么，初职或者有过跳槽经历，对于年收入又有多大程度的影响呢?

请看下表。刚刚踏上社会、进入职场的初职也就是第一份工作的雇用形式假使为企业非正式员工，对一个人年收入产生的最大影响是"跳槽从事下一份工作时的雇用形式"。一开始为非正式员工，但跳槽后的下一份工作总算成为正式员工的话，平均年收入为518.3万日元，而若"下一份工作仍为非正式员工抑或雇用形式不明"的话，平均年收入降至368.5万日元。平均年收入竟然相差了150万日元!

初职或有过跳槽经历对年收入的影响

全体样本为30-49岁的男性	平均年收入(万日元)	人数
初职为非正式员工，下一份工作为正式员工	518.3	63
初职为非正式员工，下一份工作仍为非正式员工抑或雇用形式不明*	368.5	165
初职为正式员工，有过跳槽经历	535.8	920
初职为正式员工，无跳槽经历	680.6	857

注：个别受访者跳槽经历超过三次，第二份工作的雇用形式不明。详细请参考联合综合生活开发研究所官网刊登的补充资料。

在现实生活中，新生毕业之际没有成为企业正式员工的人，即使跳槽也很难找到另一份能够顺利转为正式员工的工作。在这份调查中，初职为非正式员工的男性受访者共计228人，其中跳槽后下一份工作成为企业正式员工的有 63 人，仅占 27%，而初职即为企业正式员工的人，其中 83%的人如今仍然是企业正式员工。

这里向人们清晰地呈现了一幅一旦掉入“非正规”的漩涡，其实是很难从中脱逃出来的现实景象。

8　正式员工同样收入增长乏力的三个理由

此次调查中最引人注目的一点，并不是“40 岁上下”世代的非正规就业场合，而是调查结果显示出来的“即使成为企业的正式员工，作为一个普通的社会人，与常人一样工作收入却无法像其他人一样增长”这样一种倾向。

通过对各种调查数据的统计分析以及向专家请教，似乎可以发现阻碍“40 岁上下”世代收入增长的 3 个障碍。

“40 岁上下”世代的障碍①　培训机会少

由玄田教授等人汇总整理而成的联合综合生活开发研究所的调查，真实反映了就业冰河期世代的最新现状：如今正处于“40 岁上下”年龄段的冰河期那一代，“20 来岁的时候，几乎没有进一步自我开发提高技能及潜能的机会”。

当问到 20 来岁的时候，是否参加过研修课程、教育课程等企业内部的培训项目时，受访者中回答“没有”和“基本上没有”的人占受访者的比例如下图所示。

就业冰河期世代下面的世代（30 岁至 34 岁年龄段）的比例为 36%、上面的世代（45 岁至 49 岁年龄段）的比例为 29%，而与之相

企业内部培训(20来岁时)

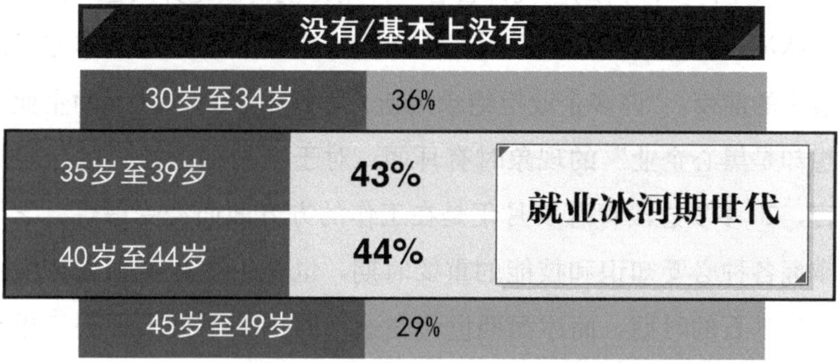

根据联合综合生活开发研究所的调查报告(2016年)制图

对，就业冰河期世代中35岁至39岁年龄段的受访问人群中这个比例达到43%，40岁至44岁年龄段的受访问人群中这个比例达到44%。竟然有这么多的人都没有机会享受企业内部的培训机会。

对此调查结果，有人不由得发出疑问："就业冰河期世代中，也有少部分人得以进入心目中的企业就职的吧？这些人由于人数少，不是应该反而享受到企业更加深入全面的培训吗？"对于这样的疑问，调查报告有如下的分析：

"如果说冰河期世代是经过严格筛选方才录用的一代，那么有理由推测，作为严格筛选出来的被雇用者，他们理应受到比其他人更加集中的、良好的潜能开发训练，然而，从问卷调查的结果看，至少从就业冰河期世代自身角度来说，事实上并非如此。1990年代后期至2000年代初期，一大批企业通过裁员来推进战略调整、产品结构调整，年轻的冰河期世代日常的每一天都处于忙忙碌碌中，有时还不得不无偿加班，但这种忙碌往往不能理解为是与其未来职业成长相关的深入而全面的在职培训，相反，这可以说是面对经济大环境的剧变，在看不到职业前景的前提下日复一日被迫从事着繁忙的业务，甚至许多冰河期世代都会有一种用完就会被抛弃的沮丧感吧。”

冰河期世代踏上社会之时，恰好处于整个日本掀起工作方式改革浪潮的前夜，“许多企业拒绝录用新人，好不容易才进入的企业不承想却是黑心企业”的现象时有耳闻。对于刚刚踏上社会的年轻人而言，20多岁这段青葱岁月正是在工作的方方面面经受锻炼、学习和掌握各种必要知识和技能的重要时期，也是一个社会新人夯实人生成长基石的时期，而冰河期世代在这个时期却不得不埋头于繁重的业务，其实是很不合理的。由于这种不合理的使用方式，使得他们到了30多岁、40多岁的时候，无法在工作中更好地发挥各自的能力，对企业的贡献度自然也较为有限了。

专门从事劳动经济学研究的庆应义塾大学樋口美雄教授指出，假如20来岁的时候没有接受过良好的能力开发培训，即使像今天这样经济形势比较景气的情况下，“40岁上下”世代在劳动力市场中依旧处于不易受到青睐的不利地位。

他说：“能力开发培训，不仅仅是一段时间受用，还会影响到一个人的未来，因此，没有接受过这方面专门培训的话，今后的职业生涯想要上一个台阶就非常困难。在冰河期展开求职活动的人，由于大企业大多不录用新人，所以他们中的很多人不得不进入中小企业就业，或者以非正规就业的形式就业，虽然中小企业也有其好的地方，但是和大企业比起来，往往有一个突出的不足，就是在能力开发以及入职之后的持续的在职教育培训方面做得不够，至于非正规就业的场合，这方面的机会就更是少之又少了，大多是很长时间单调地只从事同一种工作。随着年龄增长，缺乏能力开发的训练的这一世代的人，与接受过这种专门训练因而不断地在成长的人相比，自然就相形见绌了。”

一旦经济企稳向好，企业方面就开始考虑中途招聘新人。然而，日本的企业在人事制度方面有一个非常明显的倾向，就是十分在意员工的年龄结构。

“比如说准备招聘一个超过40岁的人，企业一定会将他和一个同样年龄但连续工作的人去做比较，这样一来，企业就会想，和在本企业连续工作多年的在职员工相比，这个人能力要差一些，所以只能给他低一点的工资。所以说，对冰河期世代还是很不利的。还有，假设劳动者满60岁退休，那么40岁时接受企业内部的能力开发训练的话，劳动者给企业回报只有20年的时间，如果对一个20岁的年轻人进行同样的能力开发训练，企业可以期待他有40年的时间为企业做出回报。所以，人到40岁之后就很难再受到重用了，这就是所谓的‘40岁之天花板’，嗯，甚至还有‘35岁之天花板’呢。”

“40岁上下”世代的障碍②　连续工龄短

根据联合综合生活开发研究所的调查，在冰河期就业的“40岁上下”世代，与泡沫经济时期就业的世代相比，总体而言有一个共同点，即连续工龄较短（见下图）。举例来说，以“在同一企业连续工作15年以上”的人在受访的同龄人中所占的比例来说，2005年时点进入40岁年龄段的泡沫经济时期就业世代为45.3%，相较之下2015年进入40岁年龄段的冰河期就业世代这个占比则仅为36.4%。

对此玄田教授做出了这样的解释：

“由于求职活动本质上是一场非常激烈的人生竞争，能够按照自己的意愿进入心仪的企业的人只是一小部分，所以许多人心里揣着‘本来是想进别的公司’的遗憾，不得已入职的，结果进入企业一

在同一企业连续工作15年以上的人所占比例（40岁至44岁）	
泡沫经济时期就业世代（2005年）	45.3%
冰河期就业世代（2015年）	**36.4%**

联合综合生活开发研究所根据工资结构基本统计调查数据制成

看，‘果然是不行啊’，最后不得不选择跳槽，很多人都是这样的。从某个角度来讲，跳槽成为极为普遍的现象正是冰河期及其后世代的一个时代特征。

“比较而言，多数人跳槽进入了中小型企业，而由于中小型企业相对的工资也较大企业低，因而这是造成‘40 岁上下’世代收入难以增长的原因之一。此外，一旦跳槽，则势必产生在同一企业‘连续工龄较短’的后果，虽说年资工资制[①]在日本已渐趋式微，但连续工龄仍然是评价一个人时备受重视的重要因子，所以，因为跳槽导致连续工龄变短，同样也是其收入难以增长的一个很大原因。”

“40 岁上下”世代的障碍③　晋级/升职比别人慢

冰河期世代在就业冰河期挤破头般好不容易进入一扇窄窄的门，得到一份工作，其后也没有接受过像样的能力开发训练，兢兢业业、忍辱负重，越过一个又一个社会人无法绕过去的人生难关，如今人生来到“40 岁上下”关口，却还有一个壁障挡在他们面前，这就是

① 年资工资制：对于满足一定条件的员工，企业根据其年龄和连续工龄，每年定期自动上调其底薪，并在劳动合同或就业规则中指明的工资制度，日本从第二次世界大战前开始引入这种工资制度，近年来越来越多的企业开始尝试打破这种消极的工资制度。

晋级/升职之壁。“40 岁出头年龄段升职为科长”的调查结果显示，“40 岁上下”世代在晋级/升职方面明显落后于其他世代（见下图）。

40岁出头年龄段升职为科长的比例	
泡沫经济时期就业世代（2005年）	26.2%
“40岁上下”世代（2015年）	**21.6%**

联合综合生活开发研究所根据工资结构基本统计调查数据制成

在泡沫经济时期就业的世代，至 40 岁出头年龄段（2005 年时点）有 26.2%的人升职成为科长；而另一方面，在冰河期就业的世代，熬到 40 岁出头年龄段（2015 年时点）只有 21.6%的人升职为科长。

冰河期就业的“40 岁上下”世代，为什么在晋级/升职方面落后于其他世代呢？根本原因在“上面”——没错，就是泡沫经济时期就业的世代。说得极端一点，就是“上面的坑被占满了”。

节目组在采访时有一个镜头令人印象深刻。记者向在同一企业工作的两位打工族——分别是 47 岁的前辈、41 岁的后辈——询问他们入职当时共有多少人同期入职，47 岁的男性上司回答“我入职那一年同期一共有 70 人入职”，41 岁的男性下属则回答“我那年是 20 个人”。这位“40 岁上下”的下属稍显踌躇地回答记者说：“（上面那拨前辈在）可能是我们这批人升不上去的原因吧。”

泡沫经济时期，日本企业为应对经济快速增长而带来的劳动力不足，录用了大批应届毕业新生。然而，在任何一个企业的组织架构中，管理岗位毕竟只占少数，况且在日本“年功序列”也就是论资排辈的企业文化根深蒂固，人事部门只能让那些泡沫经济时期入职的优秀员工依其年龄优先晋级和升职，而冰河期入职的员工即便具有较出众的能力，并且业绩不俗，大多数人也依旧只能“排排坐”等着“吃果果”。

9　不幸的现实——数字、数据揭示出来的人生悲剧

“生不逢时不得不在求人倍率最低的时期进行求职活动”“20 多岁的时候没有机会接受系统的能力开发训练”“很少有人在同一企业连续工作多年”“人生已到中年这个关口，可是收入跟上一世代的人相比，每个月至少差了 2 万日元”“公司在泡沫经济时期录用了大批上一世代的人，受其影响，在晋级/升职方面总比别的人慢几拍”……“40 岁上下”世代所处的人生失落的境遇，从各个侧面都得到了反映。

采访临近尾声，即将告辞之际，玄田教授充满同情说的一番话令人久久无法忘记：“他们没有任何过错！他们只不过是碰巧赶上了第二次婴儿潮出生，通过自己的努力上了大学，谁知道毕业时却碰上了冰河期，他们本身一点儿过错也没有呀。假如说这不叫悲剧的话，那又该怎样来形容呢？”

从数字和统计数据来看，“40 岁上下”世代的不幸已然是无可置疑的事实。但是，在数字和数据的背后，他们每一个人又经历了怎样的人生呢？节目组采访了部分经历就业冰河期、如今迎来中年这个人生关口的人，来听听他们如何诉说其不幸和内心苦闷的吧。

10 就业冰河期、穷忙、派遣中止：非正规就业者这20年

以世代为坐标来看日本的劳动人口，35岁至44岁年龄段的劳动人口约为1 500万人，这其中“40岁上下”世代是占比最大的生力军。“40岁上下”世代是劳动力大军的中坚力量，可以说，正是他们支撑起了整个日本经济的发展。值得注意的是，这其中还包括了383万非正规就业者。而从中更可以看出，“40岁上下”世代虽说正值年富力强的职业鼎盛期，但同时却显现出雇用形式不固定的倾向（见下图）。

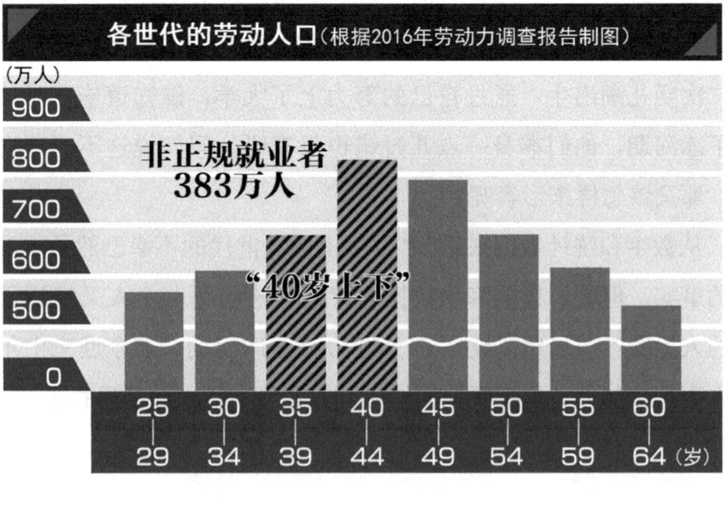

让我们首先来听听一直以非正规就业者的身份跻身劳动力大军的人们是怎么说的吧。

（1）一旦掉入"非正规"的恶性循环就难以自拔（45岁，男性）

2017年11月上旬的一天。节目组记者在JR[①]南武线的某车站前，等候居住在川崎市内的铃木浩介先生［化名，45岁（以下受访者的年龄均为节目组采访时的年龄）］的到来。当天的采访预定在铃木先生家里进行。约定的时间下午6点整，夹杂在下班高峰蜂拥而至的工薪乘客中，铃木先生准时出现在了节目组的眼前。说是下班后直接前来的，不过他下身穿着一条卡其棉裤，上面则是一件运动服，一身休闲的装束让人略略感到意外。

"这么一身打扮就赶来了，实在对不起了。因为我成天得跟孩子们打交道，基本上都是这样的打扮。"

铃木先生目前作为市政府的临时雇员，在一所残障儿童学校为学生提供帮助和疏导。回家之前，铃木先生顺道去了一家以货品齐全和价格低廉吸引顾客的量贩店，店内净是十几二十多岁的年轻人。铃木先生要在这里购买一些晚餐食材。

"本来打算买点豆芽的，可惜已经卖完了，只好买袋这个对付下。"

铃木先生解释道。他手上拿着一袋泡菜，售价是100日元。

---

① JR：由原先日本运输省铁道总局下属的日本国有铁道公社（Japan Railways，简称"国铁"）及其关联事业主体于1987年实行民营化后拆分重组而成，包括6家客运铁道公司和1家货运铁道公司。

“每次差不多都得花个两三百日元。这一袋够吃两个星期到三个星期了。”

走进一室户的家，铃木先生驾轻就熟地准备起晚餐来，他将刚买来的泡菜和冷藏在冰箱里的猪肉放进平底炒锅中一起翻炒，用微波炉将冷饭热了热，然后将纳豆盖在米饭上，晚餐便准备就绪，整个过程一共仅用了 5 分钟。铃木先生给自己规定了一个标准，每餐的花销力争控制在 100 日元以内。顺便说明一下，学校中午向职员提供工作午餐，因此，铃木先生每天的吃饭问题得以凭很少的花销解决掉。他目前每个月的到手净收入是 17 万日元，每月支出包括：房租 7 万日元、水电煤气等将近 1 万日元、通讯费约 5 000 日元、吃饭 1 万日元不到一点，由于彻底贯彻了节俭原则，每个月还可以存下一笔钱。

“我的生活称得上是极简主义了。”

和前辈截然不同的求职活动记忆

铃木先生一边吃着晚餐，一边和我们聊起了自己当年的求职活动经历。他 1995 年毕业于青山学院大学理工学系。他还找出自己大学时代的照片给节目组记者看，身穿五彩滑雪服的学生时代，似乎从一个侧面折射出那个泡沫的时代。那个时候，大学毕业新生的求人倍率超过 2 倍，铃木先生考试入大学之初，做梦也没有想到自己将来不得不进行一番痛苦的求职活动。

“上面几届前辈开始求职活动的时候，我们看到很多大企业往学校寄送了大量招聘手册、应聘指南之类的小册子。”

可是，待铃木先生开始进行求职活动时，求人倍率一下子跌至勉勉强强的 1 上下，转眼就跨入了就业冰河期，企业再也不向学校寄送招聘小册子什么的了。铃木先生本来的志愿是入职电机制造厂家的，结果接触了 50 多家企业，好不容易获得面试机会的仅有两家，最后还是没有收到内定录用的通知。其后，他又将目光扩大至贸易商行、汽车制造、食品等行业，总计向 100 多家企业进行自我推销，仍然一无所获。拜访了不少前辈校友，对方的回复同样令他沮丧不已："时机太不对头了，现在经济不景气，公司新增录用的人数控制得非常紧，不好意思，实在帮不上忙啊。"

学校负责学生就业辅导的老师也说："今年企业的计划录用人数削减了大约 80%。"在节目组回收到的关于求职活动调查的问卷中有人这样说："任何一个时期，求职活动都是竞争激烈的。毕竟每年还是有人被企业录用，所以那些没有被录用的人只能从自己身上找找原因了。"此话或许不无道理。然而，无论当时还是现在，只要日本大多数企业的集中录用应届毕业新生的基本方式不改变，新生踏上社会的第一步就要完全受制于其时的经济是否景气的状况，这不能不让人觉得非常荒谬。

回顾自己的求职活动经历，铃木先生说："……我彻底绝望了，变得成天待在家里不愿出去见人。那阵子我陷入了莫名的焦虑，心想：读了 4 年大学，正是身强体壮、干劲十足的年纪，为什么就没有一家企业愿意接受我呢……"

进入职场才感受到与正式员工之间的差别

最终，铃木先生还是没能成为一名正式员工，而是通过派遣公司以非正规就业的形式走进职场，被公司派遣至一家电机制造企业，工作内容是在客服中心接听顾客打来的咨询电话，以及从事一些技术支持等。有好长一段时间，他没有再进行任何求职活动，明显看得出，没能成为企业的正式员工这件事对他造成了极大的打击。

每月收入在15万至16万日元之间，晋级和奖金一概没有，与那家电机制造企业的同龄正式员工相比，年收入大约只有他们的40%。除此以外，由于雇用协议是一年一签，业绩考评很受影响，不知不觉间，身边的派遣员工陆陆续续走掉了很多。

有一件事令铃木先生至今无法忘怀：企业内部进行研修活动时，铃木先生也站起来报名参加，不料被上司当场驳回，说“派遣员工不用参加”。结果到了研修时间，正式员工纷纷离开工作岗位，派遣员工则继续待在岗位上干活，平常做着同样工作的同僚立刻被人为分成了“胜组”和“负组”两个群体。如今回忆起那时的情景，铃木先生仍耿耿于怀。也就是在那时候他才清楚地意识到：即使平时就坐在旁边卡座做着同样工作的同事，但人家是正式员工，和自己完全是属于两个不同世界的人。

“大学毕业后立即成为企业正式员工的人，和我们这种没能成为企业正式员工的人，一个像在天国，一个就像在地狱里，让我深深地感悟到，踏上社会的第一步是多么要紧啊！”

难以从非正规就业中脱身

不过铃木先生并没有打算一直这样持续下去，他认为还是有盼头的，也许可以有通过企业中途录用转为正式员工的机会，眼下先做好派遣员工，积累些必要的经验和技能……然而，当经济形势逐渐变好、企业陆续开始重新录用新人时，他却发现企业录用的多是应届毕业的新生，而中途录用往往也要求是马上就能上手工作的从其他企业跳槽过来的正式员工。作为派遣员工，铃木先生在企业得不到内部研修的机会，并且对他而言，想要跳槽找一份正式员工的工作，面前也矗立着一道难以逾越的高墙。

现在情况怎么样呢？当下社会到处是劳动力不足，有效求人倍率已反弹至泡沫经济时期的1.5倍，可是这种对劳动力的渴求却与铃木先生无缘。他打开电脑登录进去，指着求职、跳槽网站的页面解释道：

“企业招人的时候如果在广告下面注明‘欢迎20岁至30岁人士’，40多岁的人即使应聘也得不到面试机会。”

他说，企业招聘的时候，根据法律规定，是不允许对应聘者进行年龄限制的，但是企业暗地里却仍然对年龄设定了种种障碍，事实上，最后录用的大多还是年轻劳动力。当然，中年及以上劳动力的求人市场也相当活跃，不过那和一直以来都是非正规就业的自己毫无关系。

“企业假使录用像我这样40多岁的人的话，要么要求具有特别出众的专业技能，要么具有相当的管理才能，而我这种派遣公司的员工，而且从来没有管理过一个团队的人，是根本不需要的。”

确实如铃木先生说的，招聘网站的页面上，所有的企业招聘条件中都写有“管理经验”“团队主管经验”这类文字。由于派遣员工的身份，铃木先生既受到职业工种的限制，也受到职位的限制，没有机会学到更多技能或争取更好的职业发展，每次看到这样的招聘广告，心里总感觉不是滋味。

如今，法律法规正面临修正和完善，正朝着“同工同酬”的目标迈进，而且令人期待的是在不久的将来就应该会施行。对于像铃木先生这样境遇的“40岁上下”世代，以及全社会用工制度中普遍存在的“潜规则”究竟是否具有其正当性，也已经引起社会不少讨论，但不管怎样，数十年一直身处这种正式员工与非正式员工的差别之中的“40 岁上下”世代，已经不可能再重返 20 岁、30 岁了。就像铃木先生自我解嘲的那样，“我们是‘被社会遗忘的一代’”。他从派遣员工到外资 IT 企业非正规就业员工，兜兜转转，换过多份工作，可是一次也没能成为企业的正式员工。

11　非正规就业者的收入历久难增

随着年龄增长，企业的正式员工和以非正规就业形式入职的员工，他们的收入究竟会发生怎样的变化呢？厚生劳动省公布过《不同雇用形式劳动者的工资曲线》（见下图）。这是根据不同的雇用形式，通过对受访者小时工资情况进行调查而得出的不同年龄所获得的收入数据（注：非逐年跟踪调查结果）。

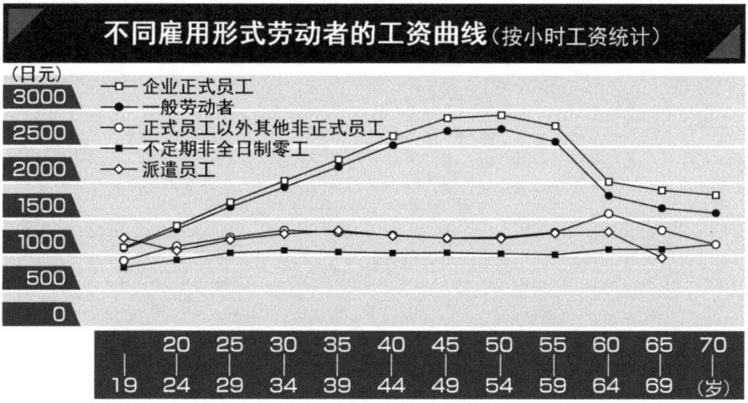

资料来源：
一般劳动者、不定期非全日制零工、正式员工、正式员工以外其他非正式员工的数据源自厚生劳动省《H22工资结构基本统计调查》
派遣员工的数据源自厚生劳动省《H20工资结构基本统计调查》

20 岁至 24 岁年龄组人群中，正式员工平均小时工资为 1 421 日元，而像铃木先生那样的派遣员工则平均为 1 142 日元，可以看出，在 20 来岁的时候，两者的差距似乎不那么明显。然而再看一看上面的年龄组，情况就大相径庭了：正式员工的场合，30 岁至 34 岁年龄组平均小时工资为 2 034 日元、40 岁至 44 岁年龄组 2 646 日元、50 岁至 54 岁年龄组 2 933 日元，呈现出逐渐上升的曲线，而派遣员工的话，30 岁至 34 岁年龄组平均小时工资为 1 358 日元、40 岁至 44 岁年龄组为 1 293 日元、50 岁至 54 岁年龄组为 1 249 日元。对于中年以上的劳动者来说，如果是派遣员工的身份，则年资完全成不了加分的因素，他们的收入并没有明显增加，始终在一个较低的水平横向徘徊。

12　难以摆脱的非正规恶性循环

在节目组此次调查采访中，有受访者用了一个自嘲式的词："非正规恶性循环"，指的是在求职过程中，不幸没能成为企业的正式员工，不得已只能以一种非正规就业的形式入职，即使想摆脱这种状况也没有办法，于是这种非正规的形式便断断续续地一直伴随他们的职业生涯。

为什么会产生这种"非正规恶性循环"?

原因之一，非正规雇用的劳动者其工作内容大多受到限制，大多从事相对单纯的事务性工作，因而在劳动力市场一般不被认可为具有专业性技能的劳动者。此外，还有一个事实是，非正规雇用劳动者与企业的劳动合同往往期限较短，也不利于其积累经验和提升专业技能。从企业方面来说，企业内部的技能培训、各种能力开发研修也往往仅限于正式员工，同样对于非正规雇用者积累经验和提升专业技能是很不利的。随着年龄增长，非正规雇用者与企业正式员工之间的鸿沟越来越深。集中录用应届毕业新生，通过企业内部的各种培训和研修，以及让他们在各个不同岗位上熟悉掌握不同的知识和技能、积累多种复杂的经验，将一个个初出茅庐的新人培育成企业所需的人才——日本的企业都是按照这样的模式来做的。正因为如此，企业假如中途录用已有一定年龄的劳动者，势必对其有着不同一般的要求，例如本企业员工所不及的突出能力或特殊技能，又或者之前有过优秀业绩和管理经验等，也就是“只有通过正常从业经历才能获得”的能力或技能。这些原因交互重叠，导致非正规雇用者很难摆脱现状，从而陷入看不到希望的“非正规恶性循环”之中。

40 岁开拓一条新的人生道路

在这种情况下，铃木先生两年前做出了一个重大决断。

“我已经 40 岁了，再想成为企业正式员工估计是非常困难，这样想想，也只有进入公营机构工作这一条路了。”

铃木先生开始为自己订下一个目标：考取教师资格证。同样是派遣员工的 IT 同僚中有人遭遇企业裁员，失去了工作，幸好他拥有教师资格证，于是转行进学校当上了教师。铃木先生之前没有教师资格，便从两年前开始进入一所函授制大学重新学习，希望能成为一名小学教师，辞掉 IT 相关的企业工作，以政府临时雇员身份在残障儿童学校从事辅助性工作，也是为了更加有的放矢地积累一些有用的教育经验。作为非正规雇用者，铃木先生目前到手月收入在 17 万日元左右，年收入总计约 250 万日元，与大学毕业刚刚入职的时候相差无几。好在没有任何贷款，只要没有什么奢侈的花销，维持普通生活倒也丝毫没有问题。只是随着年龄渐渐上去，铃木先生还是感到了些许不安。

“比方说长期住院的话，收入停了，一下子就感觉滑进了危险水域，如果危险老是如影随形的话，这种生活是没法子长久支撑下去的。”

从IT相关工作跨界转行去当一名小学教师，尽管这样的决定也伴随着不小的风险，但按照铃木先生对于未来的规划，这比在一般企业谋求一个正式员工的职位似乎更具现实性、可操作性。目前，铃木先生已经完成了实习，只要修完剩余的几个学分，就可以取得教师资格证了，之后还必须参加各都道府县举行的教师录用候选考试，合格后才能正式成为一名教师。当然，最终仍像企业招聘一样，还是得面对大学毕业新生去和他们竞争。

为此，铃木先生瞄准的是各个学校的扩大自主招聘，也就是所谓的“临时招聘”。随着日本的少子化趋势日益严峻，教师定编数也逐年削减，因此学校一般采取控制正式教师编制、扩大录用非定编教师的做法来应对教学一线的师资不足问题。现实情况是，像这样的“临时招聘”的教师需求仍有很大缺口，已成为各个教育机构的一个深刻问题，铃木先生认为即使不能成为编制内的正式教师，但通过临时录用成为一名教师的可能性还是很高的，而且一边以临时录用教师的身份工作，一边继续谋求跻身正式编制也不是绝无可能。铃木先生从之前在同一家派遣公司工作后来转行当教师的好友那里打听到了不少这方面的信息。

不过，虽说临时录用的非定编教师很抢手，但和编制内的正式教师干着同样的工作，收入却比他们要低，这也是普遍情况。铃木先生对此已有心理准备，他仍选择转行当小学教师。

“的确，临时录用的教师和正规编制内的教师相比，待遇方面要差一些，跟企业略有不同的是，学校是有奖金的，虽然数额不多，而且还能享受劳保福利。所以，就目前来说，要想选一条生活安定有保障的职业道路，与其不停地在企业之间跳来跳去，还不如去当学校老师，这是最具有可操作性的，同样是非正规就业，公营机构肯定比企业好。”

铃木先生并非仅仅是因为生活所迫而选择去当小学教师，他从自己的求职活动中认清了社会的残酷，所以他想尽自己所能，让孩子们将来踏上社会后能够稳稳地走好人生之路。

“这世道，表面光鲜是无法生存的。我自己有过这样的经验教训，我可以把它教给孩子们。”

铃木先生能不能成为一名编制内的正式教师？或许，他只能以临时录用的形式圆一个教师梦。为了取得教师资格证而花费的 40 万日元学费，对铃木先生而言可是一笔不小的投资。

13　踏上社会后一次又一次遭受挫折

“40 岁上下”世代踏上社会的这些年间，日本的劳动环境发生了巨大变化，社会的等级差距和贫富差距越来越大。让我们来回顾一下出生于 1978 年、2018 年迎来 40 岁的这一代人，究竟经历了怎样的时代变化：

2000 年 22 岁时走出学校、进入职场的时候，正值就业冰河期中期，企业无一例外都大幅削减了新人招聘，因而他们不得不以非正规就业的方式入职工作，很多人都无法进入自己心仪的企业或行业。

2006 年 28 岁时虽说收入不低，但生活质量一点也不高，这个时期所谓的“穷忙”成为一个社会化问题。

2008 年 30 岁时爆发了“雷曼事件①”，派遣公司相继背弃合同、中止员工派遣，年末起至下一年初东京出现了“派遣村②”。

“40 岁上下”世代走出学校、踏上社会之时，也正好是具有日本特色的雇用体系崩溃、出现巨大转型的时期。

而 2018 年这代人跨入 40 岁时，他们的生活依旧处于不安定状态，并且仍然看不到光明、看不到前途。

(1) 50 岁以后所有选项将不复存在，我感到很恐惧（46 岁，女性）

"看到如今变成了卖方市场，实在有点想不通，为什么一下子就这样了？这是我感触最深的一点。"

家住九州的古贺爱女士（化名，46 岁）这样说。独身、一个人生活的古贺女士 1990 年代后期毕业于福冈县的某四年制大学法学系，当时，不少企业尝试引入网上招聘，习惯于投寄明信片的古贺女士也不得不通过网络开始了她的求职活动，前前后后一共联系申请了 50 多家企业。

"反正抓到篮子里就是菜，简历发送过去了，可是一家内定也没得到。那时候正是冰河期最严重的时候，企业招人很少，我在网上

---

① 雷曼事件（Lehman Shock）：即 2008 年的全球性金融危机，"雷曼事件"是日本的一般说法，此次金融危机由美国著名投行雷曼兄弟公司（Lehman Brothers Holdings Inc.）破产事件发端而引起多米诺式的一连串企业倒闭潮，故被冠以此称呼。

② 派遣村：由于派遣公司中止员工派遣，导致许多派遣制员工突如其来地失去工作和居所，为安置这些失业者，由非政府组织牵头数个工会组织共同在东京日比谷公园设立了临时的简易住所，被戏称为"派遣村"，从 2008 年 12 月 31 日开村至翌年 1 月 5 日闭村，供失业者临时避难之外也含有向政府抗议的政治意图。

几乎是只要看到一条招聘信息就马上联系，收到回复的基本上都是消费贷款类的小公司，同学当中有不少人最后无奈进了这类公司，有时候他们一天要跑两三家这类公司的招聘说明会。”

古贺女士的第一入职希望是旅行社，假如去不成旅行社去当公务员也可以，总之，最要紧的是工作稳定。但一直到毕业仍没有争取到企业内定名额，不得已一毕业就成了一名自由职业者，先后在一家专卖进口杂货的商店和一家生产健康食品的公司的质检组兼职打工，1 年后进入社会福祉类的专门学校就读。

“毕业前夕开展求职活动，却一次又一次遭受挫折，让我莫名其妙产生了一种极度自我否定的心理，人变得非常消沉。后来就成了一名自由职业者，在打工的过程中遇到过各色各样的人，从他们那里知道，人生应该还有许多其他的路，于是我下定决心，调整了自己的人生方向。”

长古贺女士 6 岁的哥哥帮她支付了专门学校的学费，因为父母亲不愿意在她读完大学之后还继续替她负担学费。然而，就读第一所专门学校的时候，因为她一边在宾馆前台打零工一边读书，当时身体状况较差，经常请假，只读了一年便不得不退学。好不容易读完第二所专门学校并取得了社会福祉咨询师的国家资格证，终于如愿成为一家医院的正式职员，那已经是她大学毕业后的第 4 年，年满 26 岁时的事了。不承想，在那家医院由于人际关系难处，只工作了一年，她便从那家医院辞职，并且离开自上大学以来就一直居住的福冈市，15 年前入职了现在这家医院，一直工作至今，虽说同是位于九州地区，但刚开始的时候，人生地不熟，还是令她痛苦了好一阵子。

“一开始的时候内心非常纠结，但再怎么纠结，总比没有工作时心里感到强烈的不安要好，所以只要有工作，我什么都可以忍受、可以习惯。”

在现在的这家医院，古贺女士获得了当初心心念念所期盼的“安定感”，然而每月收入到手20万日元都不到，这也让她深切地认识到，社会福祉类工作的待遇并不比一般的工作好到哪里去。

“听到同龄人的收入数，我心里会突然咯噔一记：‘啊……？’因为跟他们比起来我的收入实在太低了，虽说是正式职员，可是收入却很低，低到简直让人心生怀疑的地步。不过要一味跟上面比的话，那是没底的。”

成为了正式职员，是否意味着结婚、生育等人生的其他方面事情也可以列入考虑事项了呢？古贺女士特别喜欢替自己支付专门学校学费的哥哥的女儿（她的侄女），有好几次，她会一瞬间掠过一个念头：“要是自己也有这么一个孩子的话……”自己从事的就是社会福祉性质的工作，对于独自一人生活老后的种种不便和风险十分清楚，说毫不担心那是不可能的。

“当然会不安啦。因为工作的关系，这类的事情也看到很多，我当然也想过找个人一起过下去，也希望有个属于自己的家庭。独自一个人硬撑着努力到现在，已经感觉非常疲惫，所以也希望能有个人陪我一起走下去。”

回想当年，她从20多岁的时候起便开始参加以结婚为目的的相关活动，30多岁时甚至还跑去妇产科医院咨询，40来岁的时候是最为结婚而焦虑的时期。

“妇产科医生说，女性自然妊娠的年龄一般在42岁之前，所以到了那个年龄自然就很焦虑，参加过不少相亲派对，还去婚姻介绍所登记，和介绍的人见面什么的，其中也有人接触过好几次，甚至有人表示愿意和我结婚，但是我却没有勇气迈出最后那一步，总是拼命挑剔对方令我不满意的地方。说起来，根本原因还是我自己缺少自信，所以我想，这样的结果也只好由我自己来承担。”

之前积极参加各种相亲活动，然而一旦过了医生所说的“42岁”那个年纪，古贺女士的心理却发生了微妙的变化，不再拘泥于恋爱和结婚，只希望找个性情合得来、相处时能够让人轻松的人，一起平稳安心地度过余生就好。现在她唯一的不安就是：将来可能孤身老去。兄妹二人中哥哥如今已经52岁，父亲78岁、母亲75岁，想到他们将来会一个一个地撇下自己而去，她就坐立难安。

“将来会不会独自一个人面对老后残生？父母亲还有哥哥都走了我怎么办？现在我越来越多会想到以后举目无亲时的光景。父母亲虽说还没到一点也不能自理的时候，但是身体状态不是很好，毕竟已经到这把年纪了，想想就叫人心里不安。当然我还有一种选择，就是换到离父母家近一些的地方去工作，可是又要重新求职，我已经对求职心存恐惧了。我们不像年轻人了，我现在对求职非常恐惧，就像当初对求职非常讨厌一样。”

古贺女士为了成为正式职员，不惜离开父母和自己生活惯了的老家，背井离乡，拼尽全力在另一个陌生的地方站稳脚跟。从她的话语中，让人咀嚼到了就业冰河期世代那代人背负着的那份苦涩。

一旦到了父母亲生活无法自理、需要人贴身照料的时候，似乎还是会产生换个工作地点以便就近照料父母的迫切要求。当节目组记者将对话引向这个话题时，古贺女士给予了十分坚定但出乎意料的回答。

“不不！假如有一天父母亲真的快不行了，我肯定会一边继续我自己的工作，一边想方设法把老家当地的社会福祉资源统统利用起来，照料父母亲，毕竟我自己从事的就是调动和利用社会福祉资源的工作，所以在这方面我还是可以尽到一点力的。反正，我会尽一切努力，唯独离职回家去照料父母亲，我是绝对不会做的，因为那样子的话，很快我就会跟他们同归于尽了。这些年，身边这类事情看得太多了，所以我会利用我学到的知识，决不能让自己深陷像别人一样的泥潭。”

(2) 因非正规就业而与家人切断了联系（40 岁，女性）

“我在想，假如我大学毕业立即入职成了企业的正式员工，或者 20 多岁的时候就结婚组成家庭的话，我和我家人的关系也许和现在就完全不一样了。”

在一家总部位于东京的大企业的秋田分公司，目前以企业正式员工身份工作的佐藤惠子（化名，40 岁）如是说。佐藤女士始终觉得，是就业冰河期将自己和家人的关系扯断了，她为此怨懑不已。

“大学毕业时本想找一份企业行政事务类的工作，可是这样的工作总是一个岗位就有几十个人抢着申请，简直是难关啊，结果我求职不成功，没办法，只得在超市理理货啦，在餐厅后厨打打杂啦，干了好几年非全日制的零工。”

从位于宫城县的某大学毕业，是 2000 年代初期，也就是就业冰河期总算进入尾声的时候，然而还是没能顺利求得企业的正式员工之职，从 22 岁至 30 岁整整打了 8 年零工，正是这段岁月，让佐藤女士和原本关系和睦的家人之间产生了一道深深的沟壑。

“我父亲是个相当严厉的人，我和他有时因为话不投机争吵起来也是常有的事情，在我非正规就业持续多年的那段时间里，他曾经狠狠地数落我：‘成天游手好闲的像什么样子！’最让我无法忍受的，是参加招聘面试被拒后回到家里，他还要责骂我：‘你什么工作都做不来，人家当然不要你了！’‘是你自己笨！’……”

年已70岁的父亲，出生于战争刚结束那个年代，属于团块世代①，作为一名工薪族在铁路公司工作了40多年，他无法理解女儿为什么就成不了一名企业的正式员工。不仅仅是佐藤女士，和父母生活在一起、比她小4岁的弟弟，人生也被就业冰河期以及“雷曼事件”而引发的连年经济不景气搅得一团糟。弟弟从专科学校毕业后，求职失败，不得不打了五六年的零工。佐藤女士说，弟弟和自己一样成为非正规就业大军中的一员，这令父亲愈加心中不快。

“一个原因就是，像父亲那样的人，职业生涯就没遭遇过什么挫折，所以他是理解不了的，他或许觉得成不了正式员工这事太滑稽了。没办法，谁叫他们是团块世代那一代呢。他们那个时候，昭和②四十年代初期对吧，是人人干劲冲天、一心工作的时候嘛。母亲倒是对当时社会状况还有就业冰河期的求职难等现象是理解的，每当我和父亲争吵起来的时候她还总是会过来帮我讲几句，但最后还是被父亲一通义正词严的大道理给压倒。”

说起来，还是28岁时打零工被炒鱿鱼那件事，歪打正着地帮佐藤女士打开了通往希望之门。通过熟人介绍，她开始接受专门的职业训练，并且取得了综合事务及电脑方面的资格证，结果被现在工作的这家企业录用，获得了心心念念的正式员工身份，当时她30岁。

① 团块世代：指日本20世纪60年代推动经济腾飞的一代，即1947年至1949年间，战后第一次婴儿潮中出生的人。

② 昭和：日本第124代天皇的年号，自1926年12月起至1989年1月结束。

生活终于安定下来的佐藤女士，选择搬出父母家，自己在外过独立生活。因为“非正规”的身份而遭受父亲白眼的痛苦记忆，让她一辈子也抹不去。现在的她，和父母亲生活在同一个城市，相距并不太远，但她自那以后却一次也没有回过家。

“和父亲大概有四五年没有见过面了，和母亲则大概每星期一次在外面见个面，一起吃个饭什么的，亏得有母亲从中调停说合，我和弟弟还有其他亲戚们仍然保持着一份亲情。”

尽管这样，但因为没能入职企业成为一名正式员工，竟然令父女关系变得如此扭曲，还是让节目组的所有人都不敢相信。

“我要是主动向他低头认个错，父女间的关系应该还是能够修复的，不过我还没有做好这个思想准备，也许是受的伤太深了，也许是恨他对我说的话太无情了……虽然弟弟一直在劝解我：‘其实老爸并没有怎么怪罪你哦’，但我还是下不了这个决心。”

年轻时的佐藤女士，脑海中也曾有过关于人生的未来愿景：入职，成为一名正式员工，然后结婚……如今，她已经不再刻意去想“人生设计”之类的了，也没有积极参与旨在迈向婚姻殿堂的各种活动。

“年轻的时候我也想过，有朝一日找到个意中人，等到了合适的时候就结婚，可现实却是，我直到30岁才总算成为一名企业正式员工，而且这之后为了给今后的安定生活打下一点基础，一直在忙于工作，刚刚入职的时候，签的是1年的劳动合同，为了不被解雇，每天都像打了鸡血一样地拼命工作。如今到了这把年纪，恋爱结婚就难喽，说实话，我对结婚差不多已经死了一半的心。”

残酷的求职活动，渴望成为一名正式员工却一次又一次希望破灭，加上家人也不认可自己、对自己日复一日地横加指责，使得佐藤女士彻底丧失了自信心。

“不光是相亲，就是结识新朋友的时候，我也一点都没有自信，老是感觉有种莫名其妙的恐惧。我们这代人，都很怕遭受挫折和打击，我想我就是这种人当中的典型。其实不光是父亲，以前一起生活的祖母也是的，每次我面试失败，她就说：‘怎么回事?’那种口气，好像要把我身上所有的方面统统否定似的，所以我才会越来越不自信。但是另一方面，我的同学当中也有人职成为企业正式员工的人，所以有时候我也会想，大概真的是因为我不够努力，真的全是我的不是吧。”

佐藤女士成为正式员工已有 10 年，生活也越来越安定，然而，她与亲情扭曲了的父亲之间，关系还有可能改善吗?

“我的感觉，大概比较困难吧。假如可能的话，我希望父亲先让一步，对我更多一点理解，不过照父亲的性格还有眼下这种情形，应该很难吧。”

(3) 我觉得自己是个多余的人（37 岁，女性）

“我们是被所有人称为就业冰河期世代的那一代人，每次求职活动，周围的人都会表现出关切：‘现在没什么地方招人吧？唉，也真是不容易啊。’”

说这话的，是艺人坛蜜女士（37 岁）。她也是“40 岁上下”世代、经历过就业冰河期的人群中的一员。

大学毕业时坛蜜女士向大约 40 家企业投递了求职简历，但最终都没有被录用。回顾当时那种失落的心境，坛蜜女士说：

“本来是抱着一丝模糊的期望，心想不管什么城市、什么公司，总能够挤进一个企业成为一名正式员工吧，没料到，期望彻底落空。而且，因为还是有人最终求职成功了，所以心里就特别沮丧，觉得自己没有资格踏上社会，自己是个社会不需要的多余的人。”

后来，坛蜜女士又进入一所烹饪专科学校就读，因为对于大学毕业后失去某种社会身份，她心里感到恐惧。“我很害怕成为一个‘尼特族①’，就因为这个才读的专科学校，就是不想直面那种毕业即失业的现状，但是跟父母亲只能找其他理由，所以我拼命向他们解释说，我想多学点东西，对找工作一定会有好处的。”

她先后调换过好几个工作，比如点心师、殡仪馆工作人员、银座的酒吧女服务生等，30 岁之前，她甚至已经做好了最坏的打算，将来可能一辈子只能以非正规就业的身份在这个社会底层挣扎了。

“一跨出校门便求职不顺利，以后要想逆袭啦一举大反转什么的，简直就是痴心妄想，我们这代人算是有切身体会了。我记得我还买过一本叫什么《两个人年收入 600 万日元照样过得好》的书，因为实在担心假如两个人年收入加在一起才五六百万日元的话，到底该怎么生活。”

或许对那时的坛蜜女士而言，一个人维持生计太艰难了，所以才会想到结婚、两个人共同去面对吧。事实上，“双薪家庭”也就是夫妇双职工家庭的增多，不单单是因为女性拥有更大权益、更多参与社会事务所致，而是“单薪家庭”即只有夫或妻一方就职养家糊口这种雇用模式，从经济层面来讲，已经越来越难以维持下去的缘故。说回到坛蜜女士，她 29 岁的时候方才得以华丽转身，从银座有

① 尼特族（NEET）：源自英国的一个用语，是英语短句“Not in Employment, Education or Training”的缩略语之音译，指不升学、不就业、不进修或参加就业辅导，终日无所事事的青年族群。

名酒吧的一名女服务生，成为了一名艺人。她也许算是脱离了中年危机的少数人之一吧。

“假如不是有‘我们是悲催的一代，既然都已经这样了，还能糟糕到哪里去呢’的心理觉悟，真的会撑不下去。所以，我什么困难都能克服，什么难关都能渡过。成为艺人后，一开始的时候，让我做什么我就做什么，在酒吧时也一样，赔着笑脸陪客人喝酒，我一点也不纠结，做就做，没什么好怕的。人假如没有一种不管走到哪一步，不管会遭遇什么事情的勇气，就生存不下去呀。”

坛蜜女士不无钦慕地谈起大学时经求职活动获得企业内定录用资格的好友，以及看到同龄艺人活跃在电视荧屏和彩版杂志上的时候自己心里那种羡慕不已的心情。虽然现在她自己已然成为众人以羡慕的眼神追逐的明星，坛蜜女士仍然表示，假如没有走上演艺这条路，自己很可能还在以一个非正规就业者的身份苦苦挣扎呢，而像自己这样能够实现逆袭的人，毕竟只是极少数。确实如此。就像坛蜜女士曾经以复杂的心情注视着求职成功的同学友人那样，如今有多少人正以同样复杂的心情注视着她活跃在演艺这条道路上啊。

14 女性×非正规就业×独身×“40岁上下”的生存窘困

“非正规就业”是一个笼统的说法，其所包含的对象，是随时代变化而变化的——准确地讲，是在不断扩大的。一般人听到“非正规”这三个字，多数想到的往往是许多年轻的婚后女性所从事的短时非全日制零工以及自由职业者，但是现在，很多人与用人单位之间的雇用形式已经无法再套入这个概念范畴之中了。新增出来的，主要是未婚女性，特别值得注意的是，在“40岁上下”世代（35岁至44岁年龄段的人群）中，非正规就业者且未婚的独身女性的人数，据统计在最近10年中从16万人猛增至52万人。

有一项专门针对以非正规雇用形式就业的独身女性而进行的问卷与电话结合的调查，是由公益财团法人“横滨市男女共同参与推进协会”“大阪市男女共同参与都市创生协会”以及福冈女子大学的野依智子教授等联合实施的。从调查报告当中可以窥见一个个令人心生同情的女性形象：“自己并不喜欢非正规雇用的工作，可是又没办法，只好这么干着”“挣到的收入很有限”“社会扶持好像把我们忘记了”……让我们撷取调查的相关结果在此稍加介绍。

调查对象主要为居住在横滨市、大阪市、福冈市及其周边地方、以非正规形式就业、35 岁至 54 岁[1]的独身且无子女的女性[2]。于 2015 年 10 月开展的此次调查，共回收有效问卷 261 份。

【逾 60%的人不是出于本意而选择非正规就业】

关于“非正规就业的理由”，回答最多的选项是“没有企业愿意录用成为正式员工，不得已而以非正规形式就业”，占所有被调查者人数的 61.7%。

【近 70%的人年收入不满 250 万日元】

关于年收入，回答者中 150 万日元以下的占全体的 28.4%，150 万日元至 250 万日元的占 39.8%，250 万日元以上的占 31.8%。也就是说，有将近 70%的人年收入不满 250 万日元。与此相关联的则是，关于“现在的工作最让你烦恼的是什么”，绝大多数人回答“收入太少”，共有 82.4%的人选择了这一选项。

【对能否持续工作下去觉得不安】

关于工作中最让人烦恼的事情，仅次于“收入太少”的选项是“对能否持续工作下去觉得不安”，这包括解雇和雇用中止两种情形，有 59.4%的被调查者选择了这个回答。不难看出，这也是困扰着众多非正规就业者的两个最大隐忧。

【感到心理压力很大】

不仅仅是经济层面不得不直面诸多窘困，独身女性还承受着难以通过眼睛直观看到的精神层面的巨大压力，例如“女人

① 考虑到“‘40 岁上下’世代”年龄继续增长后还可能面临其他种种社会问题，故该调查将调查对象的年龄上限提高至 54 岁。

② 单身母亲不在此次调查范围之内。

结婚生孩子不是天经地义的吗?”这类被社会默认的人生准则，有时候还要遭受“老是被人指责说我们不够努力，所以这一切得由自己承担责任”等舆论暴力的伤害。

尽管父母年事已高需要她们居家照料的比例仅占被调查者的一成，但调查中却有倾向显示，作为女儿同时又没有抚育子女的负担，这些独身女性被父母以及兄弟姐妹期待着应该承担更多的照料责任。

15 “40 岁上下”非正规就业女性的苦闷心声

此次还有一位专家以特聘调查员的身份共同参与调查，她就是职业规划咨询师锦户佳央梨女士，之前她曾为众多在就业冰河期入职、以非正规雇用形式从事各种职业的女性提供咨询服务，也为她们因工作而带来的种种烦恼进行心理疏解。锦户女士表示：“我讲的只能算是一点皮毛之见吧。”尽管如此，她还是向节目组介绍了她从冰河期世代女性那里听到的不少苦闷心声，以及在她们身上普遍存在的一些倾向性的现象。

锦户女士说，她在倾听她们诉说的过程中，逐渐注意到一个现象。

“在冰河期开展求职活动的女性，很多人的‘自我肯定感’都较低，换句话说，她们当中的许多人丧失了自信心，这个现象引起了我的关注。究其原因，多是因为一开始求职就非常不顺利，即使后来再怎么铆着劲争取，最后从企业那里收到的还是一纸不予录用的通知书，由此造成她们开始对自己不自信起来。尤其是，大学生一般都认为她们在人格上还没有完全成熟，在人生尚未成熟的阶段就反反复复遭受自我否定的打击，这会在她们心底里埋下自卑的种子，慢慢成为她们自我意识的一部分、人格的一部分，因而很难在今后积极主动地去抓住机会，改变自己的人生了。”

锦户女士说：“你们可以想象一下：打印了好几页简历、参加了好几次面试，结果却都是不予录用……人生第一份工作就不得不从非正规就业者起步的‘40岁上下’女性，她们当中很多人在心智还没有完全成熟的年龄就在不断重复着这样的经历，结果会是什么样的？当然男性当中这样的人也有不少，但是在那个时代，女性更容易受到‘早晚还不是结婚嫁人，到时候男人会养你？’这种世俗偏见的左右，导致她们更加容易把非正规就业误认为是自己的主动选择。她们还会经常受到这样无礼的揶揄：‘非正规就业不错呀，自由自在的。’曾经有一位女性跟我这样说过：‘多次被拒之后，再怎样给自己鼓劲也鼓不起勇气去参加面试，所以，到最后连买份简历表格都不敢去买了。’”

正如前面所述，非正规就业的员工，在个人能力开发、技能培训方面，大多数企业都没有建立起一套针对她们的扎实有效的机制来。

企业方面可能是出于“谁知道她们什么时候辞职回家呢”“用人合同只有1年，长的也不过才3年……”之类的考虑吧。在这种企业文化之下，非正规就业的女性与企业之间很难产生牢固的归属感，即使在这种环境中仍像其他人一样努力工作，但最后可能只是单方面的付出而没有一丝一毫的回报，令她们遭受更加沉重的精神打击。

最近数年，日本经济逐步复苏，女性也赢来了积极参与到社会生活各个方面中的好时机，但这种社会大环境的改变对于“40岁上下”非正规就业的女性来说，带给她们的却是一种复杂的心情。锦户女士指出：“从若干年之前开始，关于‘女性活跃’的话题风行一时，稍稍年轻一些的女性相对参与社会的程度确实有所提高，尤其是 30 岁出点头的女性很受企业重视，企业也愿意着力培养，将她们提拔到管理岗位上，但是‘40 岁上下’世代似乎是被撇在一边了，她们自己也感觉并没有受到特别的重视，非正规就业的‘40 岁上下’女性对于企业这种转变姿态，则是冷眼旁观或者说相对看得更加客观吧，她们会觉得这样的机会永远都不可能轮到自己，因而有一种被孤立的颓丧感。”

16 即使经济复苏，“一般综合性事务”岗位的求人倍率依然不乐观

随着经济复苏，非正规就业的女性也总算有机会另觅比现在收入更高的工作，或者被企业转录为正式员工。但正因为如此，她们又很容易遭到家人或者周围人的误解。

事实上，虽然媒体报道如今劳动力市场有效求人倍率在上升，但职业工种或岗位不同情形也相异，有的职业工种显得劳动力不足，但像一般综合性事务岗位，有效求人倍率仅为 0.3—0.4，10 个人应聘只有 3 人能够如愿以偿，按照这样的求职和录用比例来看，这类岗位仍类似狭门窄道一样。况且，今后随着互联网产业的不断升级，一般的综合性事务岗位很可能被智能化的机器人取代，因此前景也不乐观。而她们少不了受到不明就里的父母亲责怪：“现如今求人倍率都反弹到这么高了，你为什么还会找不到工作?”这很容易让她们陷入消极负面的自我反省，认为一切都是自己的过错。

即使冰河期求职把自己弄得遍体鳞伤的“40 岁上下”女性重新找到了工作，在新的岗位重新开始了职业生涯，锦户女士也为她们的“自我肯定感”如此之低从而影响其在职场的潜能发挥而深感忧虑。

“冰河期就业的女性普遍存在着一种自我肯定感较低的倾向，神经质般地觉得工作当中千万不能出差错，一旦遇到什么不顺或挫折就自暴自弃，认为自己是个没用的废物。其实开始的时候谁都不可避免碰上点挫折什么的，而她们一旦碰上挫折就会紧张得不得了，结果反而容易一个失败连着一个失败，由小的失败升级为更大的失败。”

如何才能避免这样的情况发生？锦户女士认为，必须创造一些让“40 岁上下”女性可以放松心情、抛开心理包袱，将心头的积郁倾诉出来的环境。

“假如她们永远只是作为派遣员工入职企业的话，势必与周围的人形成某种隔阂，会感觉到孤独，心里有话也没办法吐露出来，她们害怕一旦把真心话说出来，会让人觉得自己性格阴郁不配作为集体的一分子。所以我认为，应该有这样一种沟通的环境，让她们能一点点将心里想的担心的全部吐露出来，和自己差不多境遇的人之间互相慰藉、互相鼓劲，然后认真地去想，如果自己再努力一下，坚持下去，情况会不会有所改变呢？要是各个企业都能创造一些这样的环境就好了。”

(1) 过分投入工作以致得了抑郁症（45 岁，女性）

“每天下班回到家里，累得直接就倒在床上，像只死猪一样呼呼地睡过去。刚才翻看手机，看到有个陌生的未接电话号码，就试着拨回去……请原谅我不客气地说，听筒里传出一阵杂七杂八的声音，感觉很奇怪，好像是电视台或者广播电台什么的地方，我曾经给电视台寄过听众抽选礼品的应征明信片，还以为是抽中了呢。”

居住在爱媛县的高桥瞳女士（化名，45 岁）接受节目组采访时，她那清脆、明快的声音给人留下了深刻的印象。高桥女士现在主要靠一台电脑，从事综合事务性工作。和企业签订的是委托外包劳务合同，一年期的，每年续约一次。

“职业安定所[①]不是还会开办电脑讲座吗？就像职业培训学校里办的那样，我就是从那儿学的。要是电脑不行的话，这份工作就没戏了。”

可是谁能想到，高桥女士能如此不加掩饰地说起以往的事情，其实经历了漫长的时光。

高中一直到大学，高桥女士学的是音乐，她的理想是将来入职本地的广播电台当一名音乐 DJ，自己制作节目，播放自己喜爱的音乐作品。大学毕业是 1995 年，她至今还记得，对她而言那是个残酷的年份。

“毕业那年正好阪神大地震，我当时住在大阪丰中市，房子震得嘎吱嘎吱乱响，摇摇晃晃的，家具什么的都飞起来了，吓死我了……那年还有‘奥姆真理教’的沙林毒气事件，反正，求职是真的难啊。我原来一心想入职的广播电台，还有其他想去的企业，统统发来回绝通知书：‘本年度没有录用计划……’连面试的机会都没碰上，就接二连三收到这样的不录用通知书。”

虽然没有进入心仪的广播电台，但是高桥女士毕业后还是立即入职了一家颇具规模的连锁音乐教室，作为一名正式员工开始了工作。然而，高桥女士担任了数个班级的专职音乐讲师，每个班有 30

---

① 职业安定所：全称是“公共职业安定所”，昵称则是“Hello-Work”，为基于《职业安定法》由日本厚生劳动省主管、各都道府县劳动标准局直接监管，在全国各地设立的行政机关，其主要职责是免费职业介绍、职业指导以及失业救济等。

多名孩子，工作不可谓不辛苦，但收入却并不理想，大大低于她所想象的。

“因为一走出校门就当了音乐老师，到底不是那么轻松的事情，每天要花大量时间备课，基本上空闲时间一点也没有了。一下子让我负责好几个三十几个人的班级，完全没有做好准备，再加上那些学生的妈妈们太叫人头痛了。前任老师因为结婚而辞职了，那些妈妈们对她评价很好，老是在我面前说什么‘之前那个老师好棒哦……’让我觉得我教得不如她。不止这样，我上课的那家音乐教室，社保福利之类全都没有，包括国民健康保险和养老保险全都是个人缴的，自己跑到区公所窗口去缴纳，这样下来，我根本存不下钱。做了1年，我实在精疲力竭，只好辞职不干了。”

仅仅坚持1年便辞去了工作之后，高桥女士开始成为职业安定所的常客。但当时，那些拥有事务类专门资格证且一到岗马上就能干活的人在职业安定所更受欢迎，而高桥女士的特长只有音乐，除此以外别无所长。那段日子对高桥女士来说，简直是天天受煎熬。

“那时候的职业安定所可不是让人感觉舒适的地方，里面挤满了跷着二郎腿抽烟的大妈大婶。我问里面的职员：‘有什么工作在招人吗?’每次回答总是：‘对不起，现在没有企业招人呀。’我还试着做了一段时间的短期零工，却发现那些读过商科或者专业课程的人，抱着一大堆财务资料，没多大工夫就做完了，而我完全束手无策，被她们很鄙视地抗议说：‘就这样子凭什么和我们拿一样的计时工资……?’我羞愧得眼泪都掉下来了，差一点都快要疯了。”

更加雪上加霜的是，企业方面的态度，与当年从学校毕业求职时的态度简直是 180 度的大转变：

“距离毕业那会儿已经有两三年了，差不多所有企业又开始招聘和录用新人了，可是却又来了个‘本年度招聘仅限今年大学毕业的新生’。感觉就是：这样的机会我又轮不上了？要命的是这种状况一直持续到差不多我 30 岁左右。”

像高桥女士这样经历过就业冰河期的人，大多数都有这样一种强烈的感受，似乎自己这代人什么倒霉事情全都碰上了，好不容易政府意识到了问题的严重性，开始推出种种惠民措施的时候，唯独自己这代人被排除在了援助对象之外。这种苦涩的感觉，她们这个世代的人不得不一次又一次地独自品尝。

“当政府表示说‘不培育年轻的一代、不给年轻人机会，将来就没有希望’的时候，他们口中的‘年轻人’指的是经济复苏时期成长和毕业的那代人，从我们这代人那时候起就说要培育年轻人，可是当政府把这个作为推动经济继续向好的一项实事真正做的时候，我们却已经不再年轻了，开始说要给年轻人机会的时候我才 30 岁，可真正轮到‘给年轻人机会’的时候，我都已经 38 了，差得也太远了。包括求职还有恋爱婚姻什么的，说老实话我也希望享受到一点惠民措施的好处，可是这些全都等到经济复苏世代毕业求职的时候才推出，我们什么都没得到，就看着年龄一点点往上长，现在是拼了命才勉强能够上年轻人的水准。”

所幸，拥有音乐教师资格证的高桥女士得以以特聘教师的身份入职某学校，获得了一份教职。然而，她的主要工作内容并不是教授她所擅长的音乐，而是辅导那些因家庭环境复杂而不愿意上学的孩子们，为他们做心理疏导。

“学校方面根本也不在乎我能做些什么工作，只是略微了解到一些关于逃课不愿意上学的孩子的心理问题的知识，觉得不如安排个老师给他们做些什么，就安排我负责去跟这些孩子打交道，可其实我根本不会做这方面工作啊。学校所在地区的人际关系相当复杂，甚至这些孩子当中有的还是黑社会成员的子女，我本来以为跟他们好好沟通，尽量对他们多些理解，总可以让他们敞开心扉，抱着这样的想法开始工作，结果还是像教授音乐课一样，毫无成就，真是叫人身心疲惫啊。”

最终，高桥女士不得不辞掉了学校特聘教师的工作，长期不能如愿以偿从事一份自己喜欢的工作，已经让她渐渐患上了抑郁症。去看了医生，心理医生却告诉她：“你没事的，像往常一样就好。”还劝说高桥女士不要歇下来，要想办法继续工作下去。

“‘不管怎么样，先去职业安定所看看吧。’医生对我说。到了职业安定所，发现几年过去，跟以前完全不一样了，里面又宽敞又亮堂，工作人员也特别亲切，一个人可以享有15次到20次选择机会，而且还可以一对一地个别咨询。我说我不想学习家庭看护一类的技能，一方面父母亲还没有到需要人照料的年纪，另一方面自己也实在兴趣不大。工作人员听了跟我说：‘和家庭看护比起来，电脑一类的或许工作机会还多一些，假如您有兴趣的话要不就试试看?’最后我还是决定选这个。”

年过35岁的高桥女士在职业安定所学会了电脑，终于获得了这份事务处理类的工作。现在她每月有10万日元收入，尽管合同得每年续签，不算很稳定，但高桥女士感觉这份工作非常适合自己，因而每天都过得很充实。

“和我以前做过的工作比起来，之所以觉得这工作不错，是因为它不像教授音乐那样，它的成果是立即能显示出来的，每当做完一个报表或处理完一个文件，就能真真切切地感受到：啊，完成了！这是最令我兴奋的，所以心理上有种满足感。唯一不好的一点就是，我现在是最基层的员工，经常得做些丢垃圾之类的杂务，有时候很大一箱重得要命，这时候绝对谈不上轻松了，还是相当吃力的，不过和以前比起来，我已经谢天谢地啦。”

工作成果即时可视，还有由此带来的精神上的满足，一旦高桥女士说起这些，话音就高亢而爽朗，让人不禁暗暗吃惊。历经20余年的苦难，她终于对工作重拾起热情和期待。

工作之余，高桥女士当然也有些许遗憾，尤其当说起一直到现在还没有孩子的时候，明显可以感觉到，她的声音里渐渐掺入了一丝呜咽。

“当然想要啦，不过现在已经死心了。虽然我没能抚育一两个孩子，但是我觉得，这些年我把我自己抚育长大了。以前老是追求那些我根本无法得到的东西，想想就心酸，人只能做自己能做的事情，很多东西勉强得到终归也不会幸福的。以前我老是想，等我稍稍有一点年资后去当个特聘老师吧，即使辛苦一点也不怕，或者什么时候会撞上一场恋爱呀什么的，心里老有这样的念头，该死心的偏偏不肯死心，其实现在明白了，这样是不行的。”

采访即将结束时，节目组人员忍不住问道，今后是不是仍旧很想成为一名企业正式员工？对此，高桥女士给出了一个独出心裁的回答：

“我这个人，不知道算是闲散惯了还是应该算是缺心眼，我就想知道，企业的正式员工究竟有什么特殊待遇？电视里不是有一档节目叫《“智子酱”开怼喽》、由一个5岁的小女孩智子向嘉宾抛出各色各样朴素但是犀利又好笑的问题吗？我倒很期待智子酱在节目中问一句：‘正式员工到底有什么不一样？’真的，连这些最最基本的我还没有弄明白，所以我很希望有人能够像学校老师一样来教一教我，反正，不去职业安定所的话我是弄不明白了，只希望智子酱能告诉我说：是不是正式员工退休金差别大了去啦！”

17　必须跳出“老是对冰河期怨愤不止”的局限

当我们谈起“正在就进入‘40 岁上下’年龄段的就业冰河期世代采访，希望了解一下他们到底有哪些苦闷和不幸”时，听者的反应各不相同。年龄稍长的泡沫经济世代里，有人别转脸去不屑一顾地道：“还在对冰河期发牢骚啊？”“非正规就业的问题早就听腻啦。”节目组的一名成员就业时恰好碰上冰河期最严酷的时期，他此前自忖：这是基于日本的社会构造而产生的一个非常重要的课题，不承想，此次采访过程中遇到一名受访者，和他的看法如出一辙。

这名受访者名叫饭岛裕子，是一位纪实作家，因著有《日本贫困女子》（岩波新书）等而为人所熟知。身为“40 岁上下”冰河期世代的一分子，她对处于严酷现实之下的同世代的遭遇感同身受，并对这一群体进行了大量采访。当节目组提出对她进行采访时，饭岛女士在答复中非常肯定地说：“没错，我也有所感觉，对于冰河期世代抱有的那种受害者意识，社会上多数人确实有一种腻烦了的反感。对此，我个人的看法是，绝对不能把这个问题视为个案，仅仅归咎于这一代人自身。”她还指出：“当我们反省冰河期世代出现的若干问题的时候，或许这其中就暗含了某种启示，使我们可以顺藤摸瓜找到如何改革现有的雇用体制的路径。”

改革雇用体制，这的确是 2018 年当下最具现实意义的课题。那么，饭岛女士口中的“雇用体制改革”，究竟包含哪些内涵呢？

18　冰河期导致的“男主外就业模式”土崩瓦解

首先，饭岛女士对于“冰河期”这个概念是如何把握的？

“‘冰河期’一般是指求人倍率特别低迷的一段时期，但其实不仅仅这一个方面。可以说，它是长期以来跨出大学校门踏入职场被视为天经地义变成不再是那么天经地义的一个时代的开场戏，不光对就业，对于其后的结婚、家庭等一系列事件都会产生极大的影响。而对于女性来说，从学校到就业、从就业到结婚（退职）这样一个旧有的模式被彻底打破了，同时由于年轻一代的男性也面临雇用状况恶化，她们还将失去经济的顶梁柱。”

饭岛女士认为，冰河期是时代的一个转折点，其一大特征便是“男主外就业模式”土崩瓦解。

长期以来，女性都受到结婚前由父亲扶养、结婚后由丈夫扶养这一“男主外就业模式”的保护，换句话说，女性就是“早晚总归要结婚，由男人养起来”这样的一种存在。可是，这一世代的年轻男性由于就业难、雇用环境恶化的原因，使得原先的“男主外就业模式”维持不下去了，从前没有任何人怀疑过的所谓“人生道路”“幸福的方程式”，经历冰河期后变得行不通了。

19 被时代变化所愚弄的世代

饭岛女士认为，对冰河期世代的女性来说影响尤其巨大的，是各个时代的社会意识与社会现实相去甚远。

“冰河期世代的女性，在她们小的时候是不是都对劳动妇女怀有一种隐隐约约的憧憬？就当时的社会背景而言，既有《男女雇用机会均等法》的制定和泡沫经济的影响、偶像剧中登场的飒爽英姿的职业女性形象的影响，也有当时将独身以及‘丁克’那样的生活方式奉为一种时尚的社会思潮的影响。

“可是当她们踏上社会时才发现，时代正处于冰河期，所经历的种种社会现状与之前的憧憬截然不同，作为女性就业最主要职业的一般事务岗位很多都由派遣员工占据了，而竞争行政管理岗位又缺少自信，想找个人赶快结婚好逃避掉现实，可是轻易又找不到愿意供养一个全职太太的男性……

“所以，这代人是不是也可以称作因为不能克服意识与现实产生分歧而带来的困惑，并且时刻处于彷徨中的一代？不过冷静地想一想，虽说职业女性备受赞赏，但因为身处泡沫经济破灭时期，结果非但女性独立的理想无法达成，其他所有理想自然也无法达成。相反，她们的下一世代已然清楚地认识到当不成全职太太，只能进入职场工作了，反倒不容易感觉到愿望与现实的落差。”

“40 岁上下”世代眼见上一世代在经济飞速成长时期忙忙碌碌工作的身影，便立志也要像她们一样，在职场上大展身手，通过工作让自己的人生发热发光。她们带着这样的想法满怀豪情地踏上社会，然而在一个冰河期的社会，既没有前进方向也没有任何退路，现实与她们脑海中绘就的美妙图画完全是两码事。而后一世代因为看到冰河期世代的不幸，面对严酷的现实早早就做好了心理准备，情况则会好一些。

20　冰河期的教训不适用于雇用体制改革？

自身同属冰河期一分子的饭岛女士，在缀以“或许我这是自相矛盾的悖论”这个前置条件后说道：“其实说起来，就业冰河期也有不少好的地方呢。”

她解释道：“从部分意义上说，正是由于日本经历就业冰河期之后，大批的年轻男性加入非正规就业者大军，使得长期以来存在的派遣员工以及非正规就业者劳动条件恶劣（与正式员工之间的待遇差别）这一问题开始受到了正视，假如这能够成为改变以前‘大学毕业求职失败的话，以后就没有机会了’‘对女性来说，好像除了回归家庭之外，没有其他路可走’等这些困境的契机，也是不错的，我觉得我们应该回过头去重新审视冰河期，因为其中很可能就潜藏着改革雇用体制的路径。比方说，要想建成‘容错社会’‘多机会社会’，其前提当然是做好失业保障以及教育培训等工作，为雇用的流动性提供一些保障也是必不可少的。像目前的雇用体制，假如经常跳槽换工作，个人简历中就会出现就业空档期，又或者有过非正规就业的经历，立即就会成为简历里的减分项。我倒是希望从今往后，即使有人反复跳槽，也应该对其实际工作经验予以客观的评价，这就需要整个社会机制来一场巨大的变革。”

就业冰河期暴露出来的是日本雇用体制以及社会惯性的问题。对于饭岛女士的前瞻性愿景，节目组深有同感，并希望以此为鉴，使我们的社会今后变得更加惬意、更加人性化。

第二章　想和拥有一定经济实力的女性结婚

——中年危机：婚姻篇

1　“顺其自然就好”的时代一去不复返

随着世代变迁，世间的所谓“常识”也在随之变化。冰河期世代就业将近 20 年，在全球化不断深入和非正规雇用形式日趋扩大化这一大背景下，“40 岁上下”世代成为劳动力市场剧烈变化的捉弄对象。在这个过程中，“依年资而晋级加薪”“终身雇用”等在上一世代那里属于“常识”的规则或一般性做法开始分崩离析，社会上对于职业、工作、劳动之类的价值观也产生了巨大变化。

那么，从根本上来说究竟是什么不一样了呢？或许可以概而言之曰：“顺其自然就好”的时代一去不复返了。也就是说，只要踏上社会、进入职场，哪怕自己并未努力争取，职位和收入也会随着年岁增长自然而然地上升，这种幸福感满满的“常识”再也行不通了。

世上的“常识”早已不复从前。从这个意义上说，结婚也一样。最近这 20 年来，人们关于结婚的价值观和社会习俗已经跟之前完全不一样了。过去，父母那一代人恋爱是“家族与家族的相亲”或“由上司介绍恋爱对象”，这种事情是常见的，结婚也是“顺其自然终能如愿以偿的”，然而现在，这种“常识”却发生了根本性的动摇，很不幸的是，“40 岁上下”世代又一次被时代捉弄了。

关于人们结婚意识的变化，被称为对此最敏感的家庭社会学专家的山田昌弘，又是怎样看的呢？节目组迫切希望采访到这个人，想听听他怎么说。

2　“婚活”的首创者也称“出乎意料”

大约是 10 年前，人们关于结婚观念的改变催生了一个新名词——“婚活”[①]。这个新词的首创者，是家庭社会学专家、中央大学教授山田昌弘先生。

山田教授在其 2008 年出版的《婚活世代》（“发现者”丛书）一书的建议中首次提出了“婚活”的概念：“自以为稳坐钓鱼船，什么也不必争取就可以遇到意中佳婿的想法，简直就是幻想。”教授认为，以前的话，即使不用自己去争取，公司的男性同僚也会主动献上殷勤，或者通过派对、相亲等也可以邂逅到另一半，毕竟存在那样一种环境。然而现如今的日本，那种相对能够自由恋爱的环境渐渐消失了，自己再不努力的话很可能就结不了婚，不加紧“婚活”连一点机会都不会有。

2008 年后，“婚活”成了时代新潮，到处都盛行形形色色的“婚活派对”“街头集体相亲”，将命运主动掌握在自己手上的青年男女积极参与到这些活动当中。然而，作为“婚活”一词的首创者，冷眼旁观这一切的山田教授却是一种复杂的心情。

“我是带着一种问题意识使用‘婚活’这个词的，它的前提是，现在的时代是假如什么都不做的话，就无法邂逅另一半的时代，因为单单靠男性一个人工作收入是无法支撑起一个家庭的，女性所期待的收入高、工作稳定的男性，只可能是极少一部分人。所以我想强调的是，女性若是打算结婚，就应当努力提高自身素质，同时积极主动地参加各种活动，增加男女接触的机会，这一点很重要。谁承想，社会上只捕捉到‘高收入的男性越来越少’这一信息，事情就变味了，变成了‘如何才能与几乎如同社会稀缺资源的这些男性结婚’这样一种可笑的竞争了。”

山田教授原本希望，“婚活”这个词能够为那些想结婚却难圆其梦的大多数人提供一个拓宽视野和争取更多机会的行动契机，不料它成为一个“热词”，却是偏离了初衷、拐入一条岔路的缘故。真是让人啼笑皆非。

① “婚活”：和结婚相关活动的总称。例如对内积极装备自己，参加化妆、健身或沟通等课程；对外积极相亲，参加约会式交友等活动。“婚活族”大部分都是女性，随着年龄的增长，她们为结婚而抓狂，一切围绕着结婚而经营。

3 个体被数值化后任人选择

执教于中央大学的山田教授，平常与学生接触较多，他敏锐地觉察到："如今的'求职活动'和'婚活'有一个共同之处。"

他进一步解释道："以前，在求职的时候对自己的特长啦、性格啦还有组织协调性等看得并不怎么重，而现在，在求职这样一个锻炼洗礼的过程中，每个学生都被数值化了，而学生自己就是自己的监控员。'婚活'也是一样，自己具备哪些魅力都一一地被分解成若干数值，可以打分。这样一来，人究竟成了什么？岂不只是一堆数值的载体了吗？比如一个女性，统统依照年龄呀什么的方方面面地对她进行规格化，女性自身也可以清楚地知道依照自己的分值被选择的概率有多大，因此这个社会现在就是什么都被数值化了，什么都根据数值来进行选择。但是要知道，自己根据数值评判对方，意味着对方也可以根据数值来选择自己，那么未来会是一幅什么样的景象呢？我觉得将来的人完全会变成只适合生存于人工智能大数据时代的人。"

的确，在"婚活"风潮席卷整个社会的同时，围绕着婚姻的种种社会环境以及人们的意识，也都在发生着变化。当你想寻求结婚的相关服务时，年龄、收入、学历、所在企业的规模等，所有相关的个人信息统统都被转换成数值而可视化。个人信息是序列化的，只要有人检索便会依次跳出来。毫无疑问，将来的社会必将是一个不仅仅对于某样物品，对于人也一律使用“规格”这个词加以分门别类的社会。

4 “40 岁上下”的未婚化应该“责任自负”吗？

节目组有个问题想请山田教授给出回答。这个问题是：“40 岁上下”世代中的未婚女性人数逐年增加，责任在于她们自身吗？通过对“40 岁上下”年龄段、有过“婚活”经历而目前未婚的女性的采访，在她们各种各样的回答中，最终都会以自我反省的语气补充一句：同龄人当中有人就结婚了呀，所以我没有结婚的原因嘛，说到底我觉得还是在我自己身上。而已经结婚的人群中，对此大多也是持责难的态度：“应该是本人的问题吧？”“肯定是要求太高了，挑挑拣拣的，最后落到这个地步的。”

对于日本“40 岁上下”世代未婚化现象的日益普遍，山田教授认为什么才是其要因呢？

“已经进入 40 岁的年龄段，可是还完全没弄明白‘自己为什么结不了婚’这个问题的，现在的中年群体应该是其中最早的一批人了。按照社会学的观点，100 个人当中假如有一两个人结不了婚，那么肯定是个体的责任，可是未婚率达到惊人的 30%甚至 40%的话，那就不能说是个体的责任了，应该是社会构造出现了问题。”

“40 岁上下”世代不明白自己为什么结不了婚——这又是什么意思呢？

“在日本，团块世代被视为一种象征，他们的生存方式成了日本人理想的生存模式，其后的世代都是照着他们的样子学。现在的‘40岁上下’世代，看着上面50多岁、60多岁那代人不用四处碰壁轻轻松松就可以就业和再就业，结婚也是这样，以为自己这代人也会像他们一样，却没想到，到了自己这里世道完全变样了，‘40岁上下’世代无法深刻地意识到这一点。社会经济状况已经变了，人的意识以及相关制度最近二三十年来却毫无转变，因此也可以说，如今的‘40岁上下’世代是主观意识与社会客观现实之间的落差开始外显的一代人。在主观意识当中，以往的婚姻生活基本上就是男人负责工作赚钱养家，女人顶多做做短期的非全日制零工，头脑里只知道男主外式的就业模式。然而，客观现实又是怎么样的呢？自从二三十年前也就是1990年代中期开始，20多岁的年轻世代中间非正规就业、派遣制员工以及自由职业者等就业方式和途径相继增多，从世代角度看，好像并不是整个世代的收入都在减少，但是同世代当中收入差距却变得显著起来，大体分化成了在大企业就业、工作安定又是正式员工的男性，和不得不以非正规就业形式从事着不那么安定的工作的男性两类。这说明客观现实已经发生了变化，而主观意识却仍停留在‘和高收入、工作安定的男性结婚’，这种主观意识与客观现实之间的落差，通过30多岁至40来岁的女性未婚率这一形式暴露了出来。”

5 追求“高收入男性”“年轻女性”的意识根深蒂固

山田教授跑遍全国各地，接触访问了大量接受婚姻援助服务的人，以及其中通过婚姻援助服务而终成眷侣的夫妇，了解他们关于结婚的既有意识，从中发现，无论女性还是男性都明显展示了这样一种倾向，即不管雇用环境如何变化，他们对于结婚对象的期待条件却都没有任何变化。

以男性而言，“最好找个年轻点的女性结婚”这种意识仍深深地残留在脑子里，大多数男性认为与年轻女性恋爱、结婚是件好事；与此同时，“希望有孩子”“希望有人传宗接代”的愿望依旧根深蒂固。

从女性方面来说，“结婚当然要找个高收入的啦”的意识从来不曾改变，另外，在30多岁将近40岁这一年龄段的女性当中，“孩子当然也想要啊”的意识同样非常强烈。考虑到女性生育年龄这个实际问题，该年龄段中的不少人直截了当地回答“总之，再不考虑就晚了”“想马上着手备孕呢”。

节目组打算听听目前集中精力考虑自己结婚的中年未婚女性的回答，她们的20岁、30岁是怎样度过的，如今关于自己的婚姻大事又是什么样的想法，希望对方能坦率地说出内心的真实想法。正在寻找合适的采访对象之际，恰好有一位女性爽快地接受了节目组的采访。

(1) 像父母辈那样结婚是不可能的了 (43 岁，女性)

2018 年 5 月上旬的一天。当天一大早，天气便是阴沉沉的，灰蒙蒙的云团布满天空。采访人员早早做好了准备，只等在东京从事保育员工作的长泽美咲女士（化名，43 岁）到来。3 年前，长泽女士开始认认真真地为自己的婚姻大事忙活起来，而节目组此次采访的主要目的就是想了解“40 岁上下”世代未婚率日益上升的真实原因。比约定的时间稍稍晚了 5 分钟，长泽女士出现了。

“哦，不好意思!”长泽女士致歉道。

她手里拿着一柄雨伞，这才令节目组猛地想起来，天气预报说傍晚时分将有一场雨。虽说这只是小事一桩，但足以让人一窥长泽女士做事认真的性格。长泽女士容姿端丽，从外表非但看不出她的实际年龄，甚至显得比实际年龄还要年轻几岁，一头中长的黑发修剪得干净爽利。

“说起来，还真不是件容易事呢……”

她开始聊起来，当天恰恰是她同婚姻介绍所介绍的某位男士刚刚见过面的日子。对方是位 40 多岁的中年男子，虽说开始了约会，但是长泽女士却已没有兴趣同对方再交往下去了。

“已经习惯了和各色各样男的见面、聊天，聊得还算不错，可是却怎么也生不出那种喜欢的感觉。”

长泽女士现在同时在三家婚姻介绍所注册登记，迄今为了相亲、交往，已经花掉了大约50多万日元，仍然没有遇到让她心动的另一半。在婚姻介绍所登记的时候，必须告知自己对结婚对象有哪些要求，长泽女士希望的是对方年收入不低于600万日元，但随着不断见面和交往，条件已经降低了100万日元。另外，虽说自己年龄已逾40，但她希望对方最好比自己年轻一点。迄今为止，既有她对对方不满意提出终止交往的，也有对方对她不满意而提出终止交往的。回想起来，她算不上是个挑三拣四的人。

除了婚姻介绍所，最近她还通过亲朋好友的介绍参加过集体相亲，她说她现在每个周末必定与男性会面的安排，目的是想尽可能地增加邂逅理想男性的机会。的确，她的记事本里写满了这类安排。可是，在40岁出头的年龄面前，迎接她的只有严酷的现实。

“有时候碰到个人我心里会想：呀，这个人不错呀，可是对方希望的年龄却限定在30多岁，顶多不满39岁。我感觉，40岁这道障碍真是太可怕了。”

因为喜欢小孩而当了一名保育员的长泽女士，很小的时候就向往着做个母亲。本来以为，到了适婚期，自然而然会像大多数人一样结婚，然后生孩子。可是，不知不觉地一晃竟然已经过了40岁，作为家中独生子女的她，来自父母的压力自然不小。

“父亲不客气地训斥我：‘为什么还不结婚?！什么事都不肯做、什么努力都不肯付出，才导致了你直到今天还是独身一个人！’可我什么时候不努力了……”

长泽女士的父母是工薪族和家庭主妇的组合，堪称典型的日本式单职工家庭。对于结婚率出奇高的她父母那一代人而言，“结不了婚”这种事情他们根本无法理解。当女儿30岁以后，父亲半是劝说半是硬拉着她走进了婚姻介绍所。

“因为我是独生子女，要是让父母见不到孙辈，我心里会感到极度愧疚的呀。可是，毕竟是婚姻大事，又不可能不管三七二十一，抓到一个就跟他结婚是不是?”

结婚与否取决于本人的决定以及两个人的感情。那么，中年未婚化现象的根本原因能否归咎于社会呢？至少像长泽女士就是这样的情况，本人想结婚，却迟迟未能如愿，这与社会环境之间究竟有着什么样的关联？节目组来到长泽女士家中，听她谈得更加详细一些。

一如早晨的天气预报，天空开始飘洒起雨滴来。

“请进请进！就是屋子里有点乱……”

位于东京都内市中心的长泽女士的家，虽然只是狭小的一室户，但收拾得很干净。节目组记者和长泽女士面对面相向而坐，长泽女士说起了她求职活动中的种种往事。1996 年从短期大学毕业后，本想进入社会福祉机构一类的单位当一名保育士①，然而当时正值就业冰河期，不像现在保育士总体来说处于供不应求的状况，那时双职工家庭很少见，社会对保育士的需求微乎其微。

“我从电话簿上查询号码，然后不管三七二十一就打电话过去，大多数答复都是‘目前没有招人的计划’。但我还是不死心，专门挑了其中答复说‘先把简历留下，等有空缺职位时会主动跟您联系’的人家，跑上门去盯着他们问。”

结果，毕业于短期大学的长泽女士在当地政府部门当了一名临

---

① 保育士：指接受过专业技能培训、为因家庭等原因无法亲自照料的父母提供代为照料其子女服务的人员，其服务对象为年龄小于 18 岁的未成年人，凡于各种社会福祉机构、残障人士关爱机构、托儿所、幼儿园等幼儿保教设施以及家庭等从事此类服务的人员，统统属于这一职业范畴。考虑到中文表达习惯，本书将在幼儿园从事保教工作的译为“保育员”，其余的一律译为“保育士”。

时职员，属于非正规就业，每月收入 17 万日元。受过保育和福祉专门技能培训的长泽女士，在那个冰河期终究下不了决心去民营企业就业。当然，长泽女士这么选择的另一个原因就是，长泽女士没有放弃当一名保育士的梦想。

6 非正规就业的场合，结婚和生育的概率随之降低

事实上，根据最新调查已有了明确的结论，即第一次就业（初职）时的雇用形式，对于今后的婚姻会产生明显的影响。日本工会总联合会针对全国所有以非正规雇用形式就业的20岁至59岁的女性进行过调查，并于2017年8月以《关于非正规雇用形式就业女性的调查报告（2017）》为题，发表了调查结果。

调查结果表明，初职为“正式员工”的女性，有配偶的占受访者的70.9%，而初职为“非正规雇用者”的情况则大不相同，只有

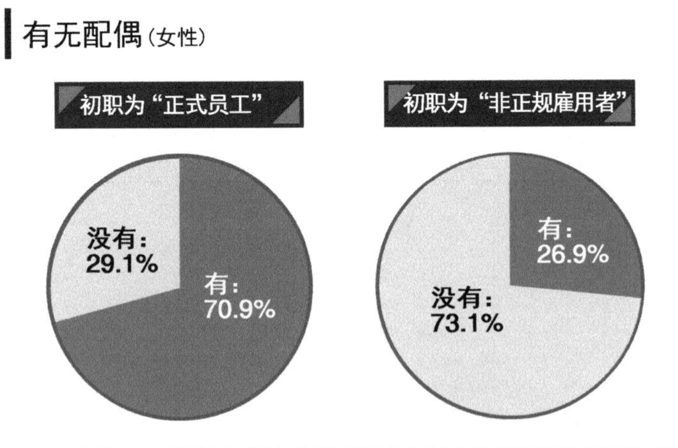

根据日本工会总联合会《关于非正规雇用形式就业女性的调查报告（2017）》制图

26.9%的人有配偶。

再进一步细化调查发现，受访者中回答“有孩子”的人的比例，初职为正式员工的占54.1%，而与之相对初职为非正规雇用者的只有21.6%。

调查结果清楚地反映出，当人们踏上社会、拥有人生第一份工作时的就业雇用形式，给其今后的婚姻成功概率、是否育有下一代等，都会带来深刻的影响。

长泽女士一直没有放弃心中的梦想，一年之后，终于成为了一名保育员，而且雇用形式是“正式职员”。

“幼儿园打来电话，告诉我可以马上入职的时候，我一放下电话就忍不住哭了，哭得眼泪哗哗的。”

入职幼儿园后，长泽女士在工作上进步飞快，前辈们也对她进行了严厉的指导。

“放到今天的话，肯定会被视为倚老卖老、以势压人，不过当时可没有这种概念，假如用以前那套做法来指导现在的年轻人，肯定全都辞职不干了。现在正是保育员人手不足的时候，我们在指导新人的时候最要紧的一点就是，不能让她们有畏难情绪，不能把她们吓跑了。”

为了赢得更多技能提升的机会，长泽女士还花了不少钱，打算去考音乐辅导方面的资格证。幼儿园也会时不时地加班，每次接到安排她都不会回绝。

“好不容易才求职成功的，所以我想好了，绝对不会辞职。至于结婚嘛，暂时好像还没有感觉到特别的迫切。”

30多岁的时候，长泽升职当上了主任，成为负有指导下属、带领一个团队职责的中层管理者，她要协助做好园长和保育员之间的沟通协调工作。当然，这并不是长泽女士主动争取的结果。

“我这个人算不上是个很上进的人，只不过周围那些个保育员中间，有不少自己也是妈妈，要管教自己的孩子什么的事情多一些，所以用排除法一排，才选中我当这个主任的。”

37 岁时，一心埋头于工作的长泽女士无意中看到一个令她感到备受冲击的电视节目，是 NHK 播出的特别节目——“想生却生不出：卵子老化”（2012 年 6 月 23 日播出）。事实上，卵子老化这类医学常识以往在学校是不可能学到的，因而这个节目在女性观众中激起了巨大的反响。女性一旦步入高龄，由于卵子老化，生育概率将大大降低。就是那一瞬间，让长泽女士突然意识到了“适育期”这个问题。

在此前的采访交谈中，给人的感觉似乎是长泽女士对婚姻的期待与生育并无多少关联。但话题进行到这里，节目组记者又重新扫视了一遍屋子却发现，桌子上刚好放着一本妇女杂志，封面上印有“如何调理好身体备孕”几个大字。原来长泽女士为了将来便于受孕，定期前往妇产科医院，由医生开出汉药处方，以预防很多女性容易出现的宫寒症状，非常注意自己的体质管理。

“含咖啡因的饮料一律不喝，凉的东西一律不吃，总之，只要听说对受孕有益的，我就会去尝试。万一哪天找到了结婚的对象，可是身体不行生不了孩子那岂不是毫无意义了吗？”

听了长泽女士的一番话，感觉似乎“40 岁上下”世代未婚率的逐年攀高，与时代背景并不相关。以她的事例来看，由于切身感受过求职活动的艰辛，因而十分珍惜得来不易的工作机会，全身心投入其中，决不轻言放弃，这倒有可能是使其失去很多结婚机会的主要原因。长泽女士自己也觉得，自己并非窝在家里不愿外出交往的人，之所以一直没能跨出迈入婚姻殿堂的最后一步，心思更多地扑在了工作上可能是原因之一。

或许有人会说，选择工作而不是选择结婚，那结不了婚的责任还不是在自己身上？长泽女士就没有将其至今未婚的原因全部都归咎于这个时代。然而，现今这个时代对于女性究竟选择结婚还是选择工作的社会压力，却是前所未有的巨大，“40岁上下”世代可以说是完全陷于时代变化的漩涡中，身不由己。一方面社会基于男女平权的理念呼吁女性更多地参与社会事务；另一方面，各种制度保障却慢了几拍，还没有跟上来。就在这样的社会环境之下“40岁上下”世代毅然冲入社会，一边继续工作一边结婚、生育和抚育子女的成功事例少之又少。正如长泽女士，很多人自然而然会觉得，自己早晚也会像父母辈一样步入婚姻，回归家庭，当一名家庭主妇。然而，仿佛晴天一个霹雳般，突然某天知悉了一个惊人的事实：卵子会老化。可以说，她们这一代人就像被顶上了时代大潮的浪尖，时刻不停地准备迎接下一波潮动，因而难免会出现各种各样身不由己的曲线变化。如今的长泽女士，就被逼入了“适育期”这个困境。

“本来工作就不由自己选择，现在连结婚也由不得自己选择了，一天到晚在逼自己要快要快，我感觉实在太累了！”

一项根据日本不同世代的人口调查显示，“40岁上下”世代的未婚化现象绝不是个人的问题。根据内阁总务省的调查数据，节目组制作了这张“人口年龄金字塔”图（见后页图）。由图中可以看出，“40岁上下”世代的父母一代至“40岁上下”世代的人口推移曲线基本是比较平缓的，再来看“40岁上下”世代至她们的子女一代的人口推移状况，呈锐减的趋势。这也意味着，今后，在养老、医疗、照料老人等社会保障方面，整个体制势必面临崩溃。

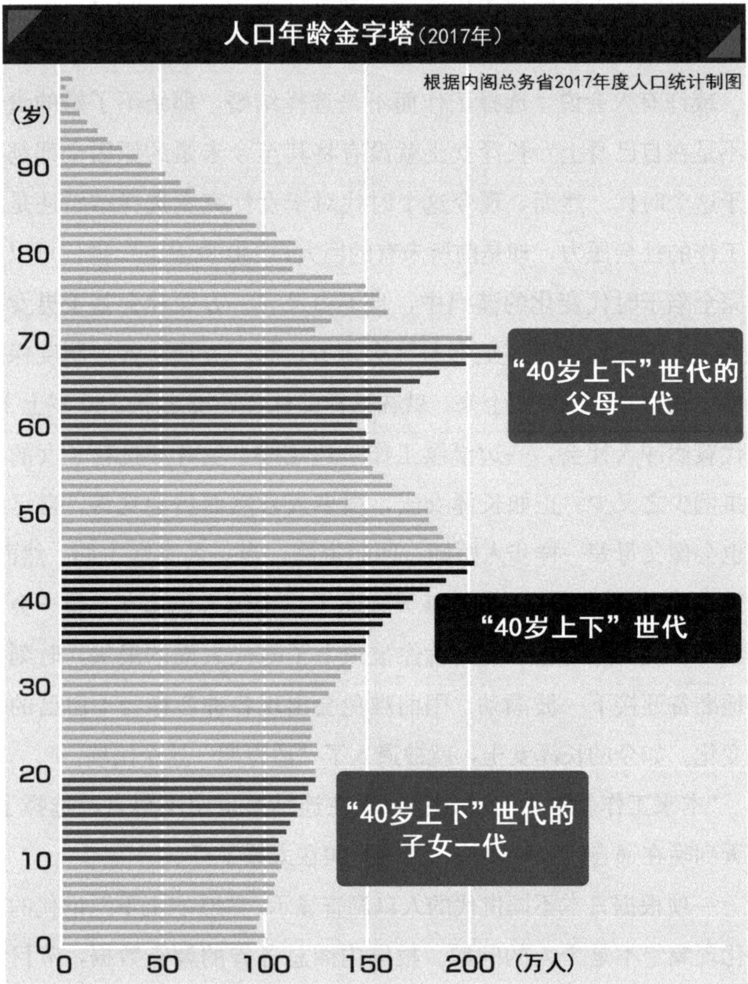

采访进行到最后，长泽女士拿出她在幼儿园的工作照片给节目组工作人员看，一边说道：“孩子们在幼儿园的精神状态和在母亲面前的精神状态到底不一样呢，在幼儿园里，他们会下意识地打起精神，展现出朝气蓬勃的一面来。所以说，我虽然和孩子打交道有几

十年了，但我对孩子们还是谈不上真正地了解，大概只有自己的孩子才会真正有所了解吧。”

说着，长泽女士的眼眶里泛出了泪光。

(1) 反过来看重女性的经济能力（39岁，男性）

为了准确把握“40岁上下”世代在婚姻方面的最新状况，节目组四处奔波。起初，主要是围绕女性的婚姻观念进行采访拍摄，当逐渐意识到事态严重后，节目组认为，仅仅这些是不够的，在未婚化愈演愈烈的当下，不能仅仅围绕女性，也应该采访了解一下男性的婚姻观念。

迄今为止，日本社会明显存在一种默认的观念，即女性有朝一日最终还是要回归家庭，靠自己工作获取收入是无法生存的。然而，随着《男女雇用机会均等法》的颁布施行，在如今“40岁上下”的这一代女性踏入社会前，女性在日本的社会地位已经大不同了，选择专事家庭主妇业的人逐渐减少，越来越多的人选择和男性一样享有劳动和工作的权利。不难想象，这种变化也会以某种形式给中年女性结婚等各种状况带来一定的影响。

与此同时，中年男性的情况又如何呢？事实上，这种变化不仅仅对于女性，对于男性的结婚也同样带来了影响，这一点也不奇怪。

有一项统计指标可以印证如今日本的男性和女性越来越不愿意结婚。表示调查对象在50岁时仍未结婚的人数比率的“生涯未婚率”，从日本跨入平成时代起，男女的比例均呈持续上升的趋势，如下图所示，1990年，男性的生涯未婚率为5.57%，而最新调查

（2015 年）中这一比例上升到了 23.4%，女性则由 1990 年时的 4.33%上升至 2015 年的 14.1%。其中男性这一比率的猛增令人震惊，大约每四个人中就有一人一辈子不愿意结婚。

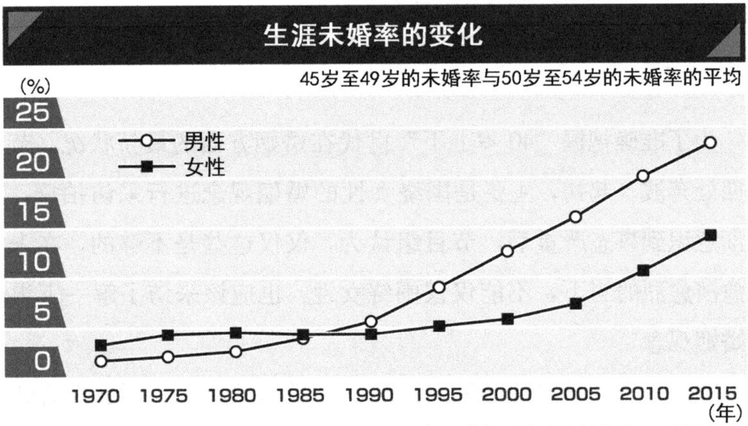

根据国势调查数据（国立社会保障及人口问题研究所《人口统计资料集（2017）》）制图

2018 年 4 月 20 日晚 7 时。位于涩谷区的 NHK 演播中心的一间屋子内，节目组成员挨挨挤挤地聚集在一起，畅所欲言地进行着讨论。

此前的采访素材节目组成员人手一份，大家将讨论并决定节目的主题。《中年危机观察：失意的一代》的第二部分，主要围绕第一部分没有提及的“婚姻”这一思路进行了一系列的采访活动，通过采访了解到，就中年女性而言，以往根深蒂固的家庭主妇观念日渐淡薄，这种观念上的变化不仅可能对女性踏入社会、参与社会产生影响，而且对女性的婚姻也会带来影响。

与此同时，男性的情况又如何？节目组成员的周围，不乏结婚后选择夫妇双方共同工作的双职工的例子。

仅仅靠男性一方的收入要养活一家子确实非常困难，所以现在，越来越多的男性愿意选择结婚后仍以企业正式员工身份继续工作的女性，并与其结婚共组家庭，也就没什么不可思议的了。

于是，节目组暂且将此作为一种假说，如果真的是这样，不正说明独身男性在选择结婚对象时对女性的要求也发生了变化吗？从前那种只靠丈夫单方工作挣钱的“男主外就业模式”已然崩溃，如今，就像未婚女性对于结婚对象必定要求具有一定的经济能力一样，男性对于结婚对象也注重起其经济实力来了。

7　男性也要求女性具备经济实力的时代

为了找寻到印证这一假说的证据，节目组将国家公布的相关调查数据、公营机构及民间研究机构关于婚姻的各种调查资料，进行了一番仔细而彻底的筛选，其中多年来针对同一项目的提问资料对节目组来说尤为珍贵，将若干年来同一问卷调查的结果串连起来进行比较，从中便会发现：男性关于结婚的观念一点点发生了变化。

根据2015年的“第15次出生动向基本调查”（由国立社会保障及人口问题研究所实行），有结婚意向的18岁至34岁的男性未婚者，在回答关于对结婚对象有什么要求时答“经济实力”的人占全体受访者的比例，1992年为26.7%，2015年则达到了41.9%。

后页图即为国立社会保障及人口问题研究所发表的调查结果。连续5年进行的该项调查的结果清楚地表明，对作为结婚对象的女性有经济实力要求的男性比例呈现出上升的趋势，尤其是对日本的雇用环境打击巨大的“雷曼事件”发生后于2010年进行的该项调查，同2002年的调查结果相比，整整上升了9.2个百分点，从而可以看出，伴随着经济环境持续低迷，男性越来越将经济实力作为结婚对象的重要条件之一。

就上述假说，节目组还电话采访了在多个媒体担任特约时评工

是否考虑或注重结婚对象的经济实力（男性）

	考虑或注重
1992年	26.7%
1997年	30.8%
2002年	29.5%
2010年	38.7%
2015年	41.9%

资料来源：国立社会保障及人口问题研究所

作、近畿大学的奥田祥子教授。奥田教授是畅销书《男性漂流：男人究竟在恐惧什么?》（讲谈社）的作者，她曾持续 20 多年对采访对象进行跟踪采访。

“在我采访过的人中，在对结婚对象的种种要求中，的确出现了男性越来越注重结婚对象的经济实力的情况，反过来讲，女性当中确实存在这样的倾向，即如果是企业的正式员工的话，比起非正规就业的女性来，要更加容易结婚。”

迄今为止就这一主题对 400 多位男女进行过采访的专家的意见，显然极具说服力。于是节目组立即决定前去采访，当面听听专家的分析。

8　男性对结婚对象经济实力的依赖性大为增加

京都府京都市。节目组来到这个挤满来自世界各地的观光客的城市，只是为了采访一名男子。从京都车站出来，换乘两次公交巴士，来到一处幽静的住宅区一隅。这是一幢已有差不多50年房龄的老旧的两层独栋小楼，山口裕也先生（化名）和他母亲就居住在这里。

节目组是通过NHK观众线上俱乐部的问卷调查与山口先生相识的。制作电视专题节目之前，为了了解社会方方面面的意见建议，经常会向观众发放问卷，进行事前调查。此次，节目组为了更加深入准确地把握冰河期世代的感受，也利用了问卷调查这一便利形式。问卷内容包括“从学校毕业后的初职雇用形式”“目前的雇用形式”“婚姻状况”“您的周围有没有雇用状况极不稳定的人”等，回收上来的答案可谓五花八门。

山口先生的问卷是这样回答的：“由于换了好几个工作，收入极不稳定”“不想老后孤独地度过余生”“最近，去本地的婚姻介绍所注册登记了”……

为了多了解一些具体情况，节目组给山口先生试着打了通电话，对方略显踌躇，但还是爽快地回答了问题。因为处理不好人际关系，山口先生大学中途便退学了，其后从事的大多属于非正规雇用的岗位，还换了好几份工作，至今和母亲生活在一起。问起结婚的意愿，山口先生回答说为了找到另一半，自己尝试过积极行动，“今年我开始参与相亲等活动，集体相亲参加过两次，但都失败了。虽然好像找到结婚对象的概率不太大，不过我打算今后继续参加这类活动。”

山口的人生绝对称不上顺风顺水，但不知道为什么，他仍然能以轻松乐观的口吻向节目组成员讲述着自己的故事。为了探究山口先生的真实心理，节目组特意去了一趟京都。

2018 年 4 月 23 日。在京都市内公交巴士的换乘非常顺利，下午 2 点 40 分，节目组比约定时间提早了 20 分钟找到了山口先生的家，先打了个电话，询问山口先生现在登门叨扰是否方便。

“没关系啊，我已经在等着哩。”

山口先生爽朗地答道。于是，节目组成员上前一步，按响了门铃。

“你们好！你们大老远的特意赶过来，辛苦了。”

山口先生一声关切的问候，令节目组成员稍稍感到意外。事实上，由于此次采访的目的是为了深入了解相关实情，难免会涉及受访者的一些个人隐私，此前已经遭到多名受访者拒绝。即使接受采访，有时也会因对节目制作意图理解不足而遭到对方毫不客气的揶揄，几乎没有人向节目组表示关切和谢意。

这是一张洋溢着暖意的笑脸。山口先生是一位充满关心体谅的和善的男人。他身高约有 170 厘米，体格魁梧，上身穿一件运动 T 恤，下身则是条休闲裤，虽说浑身上下看不出一点儿流行元素，但是却给人一种整洁干练、不乏朝气的印象。山口先生戴着眼镜，节目组成员还是依然能感受到山口先生目光柔和，甚至还流露出些许天真的气息。

“家里有点狭小，请进吧！”

山口先生将节目组成员引进家里。走进玄关，首先是一间6平方米多的厨房，很有些年代感的厨具一字儿排开，归置得整整齐齐，料理台正中，放着一台大红色的电子微波炉。穿过厨房，前面是一间同样不足7平方米的起居室，起居室后面是间浴室，中间没有脱衣处，起居室和浴室直接相连，这样的房屋布局很少见，节目组成员不由得四下张望起来。

“是不是觉得有点怪？这一带的老旧房子很多都是像这个样子的。”

山口先生稍稍提高了声音解释道，语调中带着浓浓的京都味道，成天在东京街头奔波的节目组成员感觉非常新奇别样。

没能作为正式员工一直工作下去

宾主围着起居室的矮桌坐下。起居室内还供奉着山口亡父的牌位，还有佛坛和父亲的遗像。他父亲7年前死于突发性的心脏衰竭。父亲去世后，山口先生就一直和现年71岁的母亲相依为命，母亲虽说有养老金，因不足以支撑日常生活的花销，所以仍在附近的超市里做非全日制零工，但毕竟年事已高，加上母亲有膝盖疼痛的老毛病，常常无法出门去工作。山口先生说，目前母子二人的生活一点也不轻松。

山口先生今年39岁，当年虽然进了位于京都市内的一所大学，却每天都为恼人的人际关系而愁闷不已。

“……老是会被人无缘无故地指责、辱骂。”

为此，山口先生陷入严重的精神障碍，原本打算向学校申请休学一年以便专心疗养，又因为学费筹措不顺，便干脆退了学，山口先生说其实退学并非出于本意，实在是不得已。退学后直到24岁，他一直在离家距离不太远、通勤方便的便利店等场所从事非正规雇用的工作。

沟通较为主动，好奇心旺盛——这是节目组成员对山口先生得出的印象。或许是想给自己的求职活动做些参考，在采访过程中山口先生还数次向节目组成员发问："你们为什么会选择电视节目制作这个行当的？"

26岁的时候，山口先生终于迎来了转机：因为从小对身为自卫官的父亲十分仰慕，于是决定像父亲一样加入自卫队。他选择的是航空自卫队。在教育队①的时候，是他有生以来第一次和同僚共同生活，吃在一起、睡在一起，和同僚们的关系就像俗语说的是那种"在一个锅里吃过饭的伙伴"。在位于埼玉县的教育基地②经过为期6个月的培训后，他被分配到位于石川县的某航空自卫队基地担任气象观测员。航空基地有大量的飞机起降，因此准确地把握天候气象是一项必须且重要的工作，发出的气象信息稍有错误，就有可能造成重大事故。山口先生深知自己肩负着重大责任。

按照规定，他需要每小时观测一次室外的能见度、云量及其种类、雨或雷等大气现象，并将观测到的数据输入电脑，向上司报告。由于实行24小时交替执勤制，因此有时还有夜间执勤，无法保证有规则的作息及睡眠，感觉相当辛苦。表面看起来，山口先生似乎还

---

① 教育队：日本海陆空三自卫队各自拥有教育队（或称教育大队），专门对新入伍的自卫队员及预备自卫官进行各种基础和专业技能培训的编内组织，相当于新兵训练营队。

② 按此处文字，其所属部队应该是位于熊谷市的日本航空自卫队第2教育群，位于埼玉县熊谷市拾六间839地区，此处共驻有第1、第2、第3三个教育大队。

算是顺利地开始了他作为一名社会人的新的生活。

不料，就在他入队将满 1 年的时候，由于经验不足，有一次将错误信息报告给了上司，接下来有一阵子，他几乎天天挨上司的严厉叱责。由于深深体会到这是一份“关乎他人性命的工作”，容不得半点差错，最终山口先生承受不住这种“压力山大”，不得不选择了辞职退伍。

自那以后，山口先生重新干起了非正规雇用的工作。他曾在石川县的安保公司工作过，给当地一家神社担任夜间安保员。2017 年在一家摩托车部品制造工厂也从事过非正规工作，后来因为想换个职业体验一下，以便学习更多知识和技能，因此干了一段时间后又辞职了。

节目组前去采访的当口儿，正值他为找寻下一份工作而刚刚应约先后去了三家餐饮店接受面试，其中一家烧肉店和一家大型快餐连锁门店给了他面试合格的回复，看在小时工资更高的份上，山口先生决定去那家烧肉店工作。

“我知道我要想入职当一名正式员工是非常困难的，可我不想再给母亲增添麻烦，所以还是想做点自己力所能及的事……”

“不要灰心，继续尝试去找找看，也许终归能找到一份正式员工的工作……”节目组成员差一点脱口而出鼓励他，可是一转念，还是将这话咽了下去。山口先生失去正式员工的工作已有 10 多年了，这 10 年他坚持不懈地寻找过，假如再用这样的话去鼓励他，他一定会觉得是对他的一种失礼。

“我真的感觉有点酸楚，因为没有任何人可以商量讨教，只能独自一个人缩进壳里，独自承受这一切，默默地生存下去。”

面对无法想象的冷酷现实，渐渐丧失了自信，甚至已经不得不开始认命，开始放弃了——不仅是山口先生的话语中流露出来的感觉，他的表情似乎也透露了出来。

不希望婚姻伴有任何风险

“我觉得结婚或者是 0 或者是 100。假如结婚对象是具有一定经济实力的那自然谢天谢地，但是我不会考虑同希望婚后当家庭主妇的，或者从事的工作非常不稳定的人结婚。”

山口先生带着点歉意似的轻声说道，随后他向节目组成员展示了由京都市政府运营的婚姻援助中心的网站主页。去年，他听说一个朋友通过当地的官方婚姻援助中心介绍终于喜结良缘，于是他也在这个网站进行了注册登记，认认真真地开始了一系列相亲活动。

京都市官方提供的不是一对一的婚姻介绍服务，而是多位男性和多位女性间的集体相亲活动。参加活动时，男女成员带上自己的基本情况简介卡，然后每人可以轮流着同所有异性分别交谈数分钟，活动最后将自己中意的异性姓名填写在卡片上，倘若男女双方互有好感，援助中心会向双方公开对方的联系方式，促成双方的单独约会。与一般私营的婚介机构不同的是，官方婚姻援助中心的登录费用以及年费都是免费的，仅需在参加集体相亲活动的时候支付数千日元的费用即可。定期举办的集体相亲活动因为是由官方主办，所以拥有极高的人气，加上参加费用便宜，因而抽中率并不高，山口先生此前申请参加过 11 次活动，只被抽中 2 次，可惜两次活动都没能和异性进一步发展至约会。

点击进入援助中心的网站，看了一下山口先生参加活动的情况，节目组成员注意到：参加活动经历很短，全部活动记录只有 2018 年的，之前则是空白。

节目组问他去年都参加了哪些相关活动，得到的回答却出乎意料：

“去年那时候，我觉得像我这样没有正经工作的男人好像不配考虑结婚的事，所以，去年我没有参加这类活动。”

按照山口先生的观念，一个男性考虑结婚，首先必须有过得去的工作和收入，才有资格站上“婚活”这个舞台，否则就不配考虑。因为男人自己的生活尚且不安定的话，是不可能让女性幸福的——出于这样的想法，虽然去年就在婚姻援助中心网站上进行了注册登记，但那之后他并没有马上开始具体的“婚活”。山口先生是在看到自己哥哥的婚姻生活后，才开始改变了原先的想法。

挣钱不多的男性也有权利选择婚姻

山口先生有个大他 4 岁的哥哥。哥哥在 30 岁那年结婚了，夫妇俩现在有两个孩子。哥哥的职业是木匠，结婚后患上了慢性胰腺炎，是一种常常感觉腹部疼痛、据说很难彻底治愈的疾病，这对于一个从事体力活儿的木匠来说简直是致命的，只要稍稍一用力，腹部就会疼痛不止，根本无法干活。由于病痛，山口的哥哥不得不辞掉了工作。

嫂子是一名护士，丈夫不能工作后，仅靠她一人的收入勉强维持着一家四口人的生计。丈夫已经彻底断了念想，不再外出找工作，而是一心一意地在家里当“专职主夫”，负责日常家务事和照料两个孩子，全家的花销都靠护士妻子的收入。丈夫丧失工作能力，妻子也能工作养活全家——山口先生有生以来第一次目睹了像这样丈夫与妻子的关系与自己之前一贯的观念截然换了位、家庭却仍然可以持续下去的鲜活事实，自那以后，便抱着“也许会遇到和我同感的人呢”这样的想法，开始积极参与起各种相亲活动来。

如今，山口先生的想法是：“即使男性丧失了经济能力，还是可以憧憬婚姻的。”

这就是山口先生得出的结论。

想和具有一定经济实力的女性结婚

几乎所有婚姻介绍所在新人注册登记之际，都会发放一份调查表，让其详尽地回答并填写对于结婚对象有哪些具体要求，例如希望的年龄、从事职业、收入、居住地等，不一而足。对于目前主动积极开展“婚活”的山口先生，为了具体地了解他究竟期望什么样的结婚对象，同时为了便于归纳整理，节目组也试着做了一份类似的问卷，请山口先生依次作答。这样做，是希望从中更加清楚地看出他对于结婚对象究竟有什么样的要求，要求是否现实合理，以便客观地对山口先生的“婚活”成功的可能性进行分析和评判，因此是很有必要的。

“全部照实写出来没问题吧？”

得到肯定的回复后，山口先生开始从容地运笔写起来。

希望结婚对象年龄是“20 岁至 40 岁”。

或许是考虑到，假如有可能的话还是希望结婚后生育一两个孩子，这样才算组成一个完整而温暖的家庭，所以尽可能找一位年轻些的女性。

关于在“婚活”中，男性明显呈现出一种更愿意寻找年轻对象的倾向，这一点在此前的多项调查中都已经得到了印证。明治安田生活福祉研究所 2017 年公布的一项关于未婚男女结婚意向的调查显示，30 多岁将近 40 岁的男性中，有 72%的人希望结婚对象比自己年轻，40 岁出头的男性中，这个比例上升至 80%，而接近 50 岁的男性中比例更是达到了 88%（资料出处：明治安田生活福祉研究所，《关于 35 岁至 54 岁人群的结婚意向的调查》）。

山口先生和大多数 30 多岁将近 40 岁的男性一样，希望将来的结婚对象是比自己更年轻些的女性。

节目组将山口先生所填写的问卷按顺序读了下去，对其中的几处回答产生了兴趣，分别是结婚对象所从事的职业和收入，“收入”一栏山口先生写的是 500 万日元以上，“职业”则填写的是医务工作者。看来是受到了哥嫂的婚姻现实的影响吧。

节目组追问：具体指哪些岗位的医务工作者？山口先生说，指像护士或者助产士等这类较为稳定的专业岗位。至于 500 万日元以上，是考虑到将来如果生育孩子，为了保证最基本的生活质量，这个数目是必不可少的。

“我并不是指望过上多么富裕的生活，但要是想养活一家子的话，总得确保有一定的收入吧。”山口先生用似乎略显歉疚的语气解释道。

“保育员或者家庭看护士之类收入比较低的职业，我觉得有时难免会因为钱的原因没办法满足孩子的一些需求，我绝对不想留下那样的遗憾，所以，干脆从一开始就不考虑同可能会在经济上对将来的生活产生不利的人结婚。”

在对话中节目组成员感觉到，山口先生似乎并不认为，即使收入微薄，只要夫妇二人一起努力工作、同心协力，也能够过上节俭但是幸福的生活。这应该是之前长时间极不稳定的非正规就业经历给他的婚姻观念带来的影响。

“我现在是非正规就业者，社会地位低，收入又少，老是生活在一种惶恐不安当中，好在我只是一个人，所以总算还勉强能够过上最最基本的生活。”

山口先生似乎将结婚视为摆脱其现状的唯一手段。

“或许有人会觉得说，哪有那么便宜的好事啊。可是，毕竟人生只有一次，既然如此，那我总希望能过上像样些的、不要给自己留下懊悔的日子啊。”

正如女性喜欢寻找具有经济实力的男性作为自己的另一半，男性也开始大声宣告，要将经济实力设定为找寻结婚对象的前提条件之一。对于这种宣告，想必很多人还是会有些反感的吧。

身为“40岁上下”世代的山口先生这代人，从小就身处与他人的激烈竞争中，在班级里，他们瞄准一流大学，拼命补习辅导、强化应试技能，等到大学即将毕业之际，又以一流企业为追求目标，奔波于各种求职的场合。一旦被挤出一流大学、一流企业的跑道，也就意味着就此与出人头地、飞黄腾达之类彻底绝缘，成为了这个充满着竞争的社会的失败者。无疑，山口先生在这样的社会中没能取胜，是现今社会的失意者。然而，像山口先生这一代人，他们是不管自己主观上愿意与否，一律被彼时的日本社会价值观抛进这个竞争体系中去的一代，这就是“40岁上下”世代的悲哀之处。

“男人就应该挣钱养家糊口啊。”

“连个像样的工作都没有，还谈什么结婚?!”

山口先生似乎努力地想拂去这类从小被强加于头脑的陈腐观念。带着一丝罪恶感，他在努力争取让自己过上幸福一些的生活，为此，他所能想到的途径，便是与具备一定经济实力的女性结婚。

面对面的采访之后的第三个星期，节目组接到了山口先生寄来的信，他告知节目组，他又抽中了当地官方组织的集体相亲活动的参加资格。但是接下来又是一句："这次没能进一步发展到单独约会。"此外还有一张照片，拍的是山口先生参加活动时用的自荐卡，上面写有活动对话过程中给他留下上佳印象的女性的名字，名字旁边还附注了职业及年龄。也许，山口先生参加活动的同时，心里仍念念不忘对方的经济实力这个初衷吧。

山口先生表示，今后他仍不会放弃参与各种争取结婚机会的活动的。

(1) 丈夫工作极不稳定，只能不要孩子（41岁，女性）

学生时代，像泡沫经济时期的前辈那样，希望结婚后很快有一个自己的孩子……理所当然地，田中智子女士（化名）心中也曾有过这样的梦想。现年41岁的田中智子女士，与和她同世代的丈夫生活在一起，是个无子女双职工家庭。田中女士在一家信用卡公司的下属子公司工作，公司的主要业务是催促那些信用卡欠款逾期未还的人尽快还款。

"我上高中的时候，看着泡沫经济那代人是怎么过来的，所以心里老是有个模模糊糊的愿景，觉得自己也会像他们一样，按照那样的人生轨迹，走出校门踏上社会，然后结婚、生孩子，很自然地走下去。我觉得做家庭主妇很好啊。我的父母也是双职工，在他们那个年代，双职工家庭还是很少见的。我读的高中是所私立学校，周围大多是些家里经济条件还算不错的同学，大家还很羡慕我，说父母都工作不是挺好的吗？"

高中毕业后就读于四年制大学文学部的田中女士，开始求职活动的时候恰恰是就业冰河期最严酷的时候。她的第一志愿是进银行，但没能如愿，随后参加了 60 多家企业的面试，最终拿到内定通知的仅有两三家，不得已，只能入职一家从事消费者金融业务的企业，这与她的最初志愿全然不沾边。

更加令她想象不到的是，入职后，公司员工接二连三地辞职而去。用今天的话说，这其实是一家“黑心企业”：“正常的休息也没有”“一天到晚要加班”“上司就关心数字”……田中女士坚持了两年半，终于还是辞职，跳槽进入现在工作的这家公司。

“当时招我入职的公司人事部门负责人正好也跳槽了，是她来游说我的。我在现在的公司主要做总务方面的工作，人事工作也兼了一些，工作内容涵盖范围广，让我学到了不少新的技能，所以觉得蛮不错的。我现在 41 岁了，从 25 岁的时候起就一直在这家公司工作，一直没动过地方。”

2008 年，田中女士 35 岁的时候，和同在金融行业工作、比她大 1 岁的现在的丈夫结婚。丈夫之前工作的公司由于受“雷曼事件”的冲击，业务规模逐年萎缩，于是辞职开起了出租车，因为原先没有考过第二种驾驶许可①，工作相对生疏，加上工作条件比较恶劣，所以当时很是犹豫，不敢贸然跨出结婚这一步。

“主要是因为两个人的收入不稳定，还有工作也不规律。我先生的公司也是个黑心企业，所以收入和精神两方面都谈不上安稳，最大的问题还是孩子问题，我想，只能等换个更加像样点的工作，收入什么的都稳定了，再考虑孩子的事情了。”

---

① 按照日本的《道路交通法》，驾驶许可分为两类，第一种许可即普通的驾驶许可，一般的小、中、大型车种和牵引车等均包括在内，第二种许可准驾车种与第一种大致相同，主要区别在于准驾范围，一般从事经营性的出租轿车、出租巴士驾驶以及代驾服务等需要申请取得第二种驾驶许可。

田中女士目前的年收入差不多有500万日元，职位是科长助理。尽管如此，她觉得目前完全不可能生孩子。理由是，生孩子得休长假，这基本上没有指望，还有就是，如果生了孩子，今后加薪晋级什么的也就没盼头了，加上丈夫目前的公司生活福利这一块缺乏保障，也是一大心病。

"我们公司，假如休了长假再回到公司上班感觉气氛就特别尴尬，因为人手本来就少，每个人都得做几人份的工作。而且像我这样年纪的人几乎没几个，学校毕业刚进来的新人和年轻人又缺乏责任心，另一方面，泡沫经济那代人现在工作能力又跟不上……我感觉自己就像被夹在中间，受两头气，还两头都得不着好，除了肩上责任重大，啥好处也没有，明明不是管理者，却跟管理者没什么两样，甚至做的要比管理者还要多，而且收入从第二、第三年开始就没有加过，感觉到手的好像还越来越少了。"

田中女士以一种仿佛半是无奈半是看破的心态，平静地介绍起自己的工作情况和职场环境。从中看得出，她不仅仅对泡沫经济时期的上一世代稍觉不满，对下一世代的年轻人更是满腹的牢骚。

"如今的下一世代，比起我们毕业那年头入职容易多了，我们公司也一样，招了很多年轻人。好像进大学的门槛也容易了许多吧。不过，年轻新人动不动就喜欢辞职，像不久前就有过，年轻人找到喜欢的去处，说不干就不干了，结果，只好让我们这样年纪的老员工去顶她们的岗位。只要有人辞职，我们人事就得想办法填空缺，所以，一般人不大愿意待的部门我们都不大敢安排刚招来的新人去。公司内部都知道，这些年辞职的年轻人甚至刚刚招进来马上就辞职的人也不少。"

现在，田中女士和同属于"40岁上下"世代的丈夫一起，过着二人世界的生活，对于生育孩子的事已经不怀期冀了。只是，想到自己今后的老后生活，心里会非常不安。

“因为没有孩子，将来老了不会有孩子来照顾我们，也不会有其他人来照料我们。在我35岁那会儿，遇到一个朋友，她正在接受不孕治疗，从那个时候起，我开始感觉到某种不安了。按照现在的政策，到了65岁，就可以领取养老金了，可是等我们到65岁，恐怕就领不到了也说不定呀，对吧？我的先生养老保险部分是缴纳的，但是他们没有退职金。家里的存款大约有几十万吧，但那是准备将来养老用的，所以无论如何不会去动它。关键是，结婚之后收入就没有增加过，前面就讲过，我的工资基本上跟刚毕业那会儿差不多，实际上到手的还没有那时候多，都被养老保险、医疗保险什么的扣掉了。”

让田中女士尤为担忧的，是老家已经年过七旬的母亲。所幸，身为护理师的妹妹就住在母亲家附近，要是让自己担负起照料护理母亲的重担是绝对承受不了的。

节目组最后试着问田中女士，现在，心里依旧会怀揣某种梦想或者希望吗？

“真没什么梦想喽。自己从事的也不是那种值得在大庭广众面前宣扬的工作，现在认真工作，只是为了生活。现在唯一的乐趣是海外旅行或者去温泉休闲一下，不过实际上也没怎么去玩过，只是看看宣传册子，感觉就挺满足了。”

(2) 想要孩子，可是担心养不养得起
(39岁，男性)

“假如当初早一点就业的话，经过一定的年资积累，收入或许比现在会好一些，对要不要孩子这个问题，也不至于像现在这样忐忑不安。”东京一家专事楼宇物业管理的公司的正式员工黑木大辅先生（化名，39 岁）这样说道。他的一家只有他和小他 3 岁的妻子两个人。因为想要个孩子，夫妇二人目前正在接受不孕治疗。

黑木先生的老家在当地经营一家模具加工厂，高中毕业后，黑木先生希望进入传统型企业，像父亲一样成为一名匠人，于是积极开展了求职活动，结果找不到工作。

“曾经还想过当一名演员。一方面本来就有点喜欢，另一方面是因为求职屡屡失败，于是抱着试试看的心情在演员培训班和一些小剧团里混了一阵子，生活费主要靠打零工自己挣，便利店、仓库、游戏制作公司等，都干过，有时还同时兼做几份，白天在游戏制作公司做，下班后再赶到仓库去做夜勤，然后再照做白天的，连续干一天半。最多的时候，一个月挣到的总数差不多有 20 万呢。”

像这样全部时间都花在了打零工上、在求职履历上只能体现为“从业经历：无”的黑木先生，30 岁之后，开始有了某种危机感，于是重新开始了求职活动，比临近毕业的时候还要积极努力。

“那时候，我发现根本就容不得我选择，所以只要是自己差不多够条件的岗位就跑去申请。因为有过在剧场演戏的经验，所以张口跟人打交道是我擅长的，例如像销售或者家庭护理之类的岗位挺适合我的。面试了好几家，最终还是因为年过 30 又没有任何从业经历，对方企业觉得我毫无社会经验，所以都没有录用我。”

照这样子看，入职成为一名正式员工可谓机会渺茫。黑木先生意识到了这一点，所以，35 岁的时候决定报名就读职业培训学校。黑木先生学习了楼宇物业管理资格所需的许多相关知识，在半年多时间里取得了多种资格证：电气施工及蒸汽锅炉技工资格证、处置危险物资格证、消防设备技工资格证、冷冻机械操作人员资格证……最终，得以入职与这所职业培训学校有关联的企业，成为一名正式员工。

目前，黑木先生每月收入到手大约是 24 万日元。不过，这个行业近些年似乎不太景气，因此想将来收入提高基本上没有指望了。作为一种自我提升的手段，黑木先生不断学习并参加各种资格证的考试，通过资格证津贴来达到增收的目的。

黑木先生之所以执着于“稳定的职业”，个中缘由是因为他去年结了婚、有一个比他小 3 岁的她的缘故。8 年前，曾试图在演艺之路上闯出一番名堂的黑木，与她开始了交往。36 岁时的她期待有个孩子，于是成为两人结婚的契机。然而，开始了不孕治疗后，其高昂的费用不禁令他们大为吃惊。

“几乎全部费用都不适用医疗保险。一开始的检查，就五花八门地总共花掉了 2 万多日元，这还是极其一般的呢。随着后面疗程进行下去，体外受精、显微受精等，一次就动不动几十万，而这个玩意儿又不是一次就能成功的，我们做了好几次，到现在还没有成功。”

黑木夫妇的“求子作战”不可能因为金钱的原因而终止。事实上，妻子家中因为无男儿传宗，黑木先生就成了入赘女婿。换句话说，二人之所以非求子成功不可，是因为还肩负着传宗接代的重大责任哩。

“他们家没有儿子，所以就得由我为他们家老人的百年后事负起儿子之责来，讲得通俗些，我就是他们家的守墓人。”

照黑木先生的说法，不知道何时才能成功的不孕治疗叫人心里没底，但即使有了孩子，将来孩子的成长同样令两个人深感不安。妻子因为不孕治疗弄得身体很虚弱，无法工作，现在全靠黑木先生一个人的收入在支撑全家的生计。

“听说抚养一个孩子到成人，需要花费好几千万日元哪！假如现在孩子出生，等到他成年，我都已经60岁了，想想我干的这个行业收入不大可能再有增加了，所以觉得压力非常大，倒不光是因为孩子才说这个那个的，即使没有孩子，这样下去也够呛啊。现在只能租每月房租3万、4万的房子，再好点的就不敢想了。所以说到将来，感觉心里就只有不安。”

假如早几年求职成功的话……一想到自己的将来便惴惴不安的黑木先生，脑海里照例又会冒出这种遗憾。

“赶上泡沫经济时期求职的话，应该也会比较顺利地找到一个容身的企业，安安稳稳地走到今天。当然，因为求职失败所以采取了逃避的态度，跑去混什么演员，这也是导致我现在这个样子的一大原因，假如18岁、19岁那时候起就成功就职的话，积累了一定的年资后，收入应该会比现在要多吧，真要是那样的话，包括孩子的问题在内，我们也不至于对今后感到如此不安了。”

(3) 没有爱情，纯粹为了生存而结婚（45岁，女性）

“说出来一定会被人厌嫌，可是真的，从来没有过夫妇生活。结婚后，我连身子都没有让他看过……我们之间完全没有爱情……就只是金钱关系。”

这段话，并不是出自为“无性夫妻”问题而苦恼的妻子的告白，而是因为求职失败陷于贫困、为了摆脱贫困出于金钱目的而结婚的中村樱女士（化名）说的。中村女士今年45岁，和丈夫一起生活。

中村女士的人生失败起始于大学毕业之际，从一所主要教授美术的大学毕业后，求职失败成为她梦魇的开始。

“一方面是因为就业冰河期的原因，另一方面我读的学校只是美术教育类大学中的三流学校……毕业后做过的全都是些非全日制零工。我不太擅长待人接物，所以前前后后换了好几个工作，都是不用直接和顾客打交道的，最开始是放映员，后来在一家仓库做货物分拣，还有安保员、便利店收银员等，做过好多工作，不过每份工作做的时间都不长。”

中村女士自那以后陆陆续续干了大约10年的非全日制零工，由于长期生活在一种不安定的氛围中，她后来患了抑郁症。中村女士觉得“在自我认识、自我肯定方面，我连一般人的一半都做不到”。在她的同龄人当中，许多人说话时习惯带上“我认为……”“我觉得……”之类的口头禅，但是她从来不会亮出自己的主张。

10年前，在她35岁的时候，她的人生终于出现了转机。因为一段与众不同的经历，她同一位男士结婚了。那是她大学时代认识的一位男士，对方对她说：“我会住院治疗一段时间，想麻烦你来帮忙做些简单的护理工作什么的。”于是她前往他家，护理他，并替他打理家务，作为交换收取了他一定的报酬。这之后，竟极为自然地走到了结婚这一步。

“我其实对他一点也没有恋爱的感觉……他有肾脏病，一直在做透析，属于一级残障。肾脏病人一般都血液异常，不能像正常人一样，也无法自主排出小便，所以每隔两天就得上医院做一次人工透析，将全身的血液在透析机上进行排毒排水，然后再输回去。不过他因为是个残障者，所以可以享受照顾，在一家很不错的公司里工作，是一家综合商社。我想，要是自己能分享到他那种福利，下半生可就轻松了，所以我纯粹是看在他的社会福利的份上，才和他结的婚。”

一开始听到她结婚的来龙去脉，节目组成员都有点不敢相信。单单因为经济上的好处，就和一个完全没有感情基础的人跨入“结婚”这道门槛？事实上，这个故事的背后却透露出中年女性才可能产生的微妙心理。

“我那时都已经30多岁了，却还没有一个像样的身份，这让我非常苦恼，既不是企业员工，又不是家庭主妇，只是个非全日制零工、30多岁的自由职业者……结婚的动机主要是觉得‘当个家庭主妇挺舒适的’，就是这么个理由。也许我最根本的动机，就是希望自己也拥有一个社会认可的身份吧。”

完全出于“经济上的好处”以及“身份追求”而结婚。按照通常的观念，这样的动机实在叫人不可想象，何况肇始于这一动机的8年婚姻生活，更是一连串的“非常识”。

“说出来一定会被人厌嫌，可是真的，从来没有过夫妇生活。结婚后，我连身子都没有让他看过，换衣服的时候总是关照他‘不许看’，或者‘把门关上’。不过，对于两人之间没有感情这一事实，我倒一点也不觉得别扭，就是纯粹的金钱关系。我自己也是身体很弱，反正以后也不会恋爱了。”

中村女士年轻时，也曾憧憬过将来能同一个自己非常喜欢的人恋爱、结婚，然后生孩子，再把孩子培养长大，可是自从患上抑郁症以后，服药治疗需要大量的开销，结婚本身就意味着她已经彻底放弃了过去的梦想。

“像我这样的人，就算生孩子，万一孩子生下来将来和我一样，岂不是太可怜了吗？结婚时我就已经30多岁了，等到40岁过后干脆就不再考虑这事，彻底死心了。要是生下来孩子，我肯定要为他操心，将来要离婚也离不了了。”

事实上，中村女士的婚姻生活，不仅仅徒有夫妇之名而无夫妇之实，而且连一开始的金钱目的也并没有达到，作为一家人家计之源的丈夫，此前竟自行申告破产了。现在每月的生活费开销就要数万日元，中村女士只能尽力考虑缩减生活费用，为此还从头学着自己在家煮饭烧菜，总算维持着最基本的生活质量。

“我先生一点也不肯让我过问金钱方面的事，结果倒好，等到我发现情况不妙时他已经自行申告破产了，叫人大吃一惊。他本来是透析病人，可以享受到国家的残障养老金，日子过得还算可以的，这下可好，又开始发癫痫了，一下子就病倒了，请了长病假工资自然就减少了……公司还肯付他工资已经很不错了，真是家好公司呢。都说人生输赢什么的，这不就是吗，以我们那代人的标准论人生输赢，他的公司就是一个只赢不输的地方呢。”

中村女士现在正在认真考虑离婚的事情。一来是因为丈夫毫无计划地胡乱花钱最终导致不得不自行申告破产，二来则是这么多年来，他在经济方面一直对中村的家人漠不关心。2015 年，时年 75 岁的中村女士父亲去世，剩下母亲独自一个人在老家过着孤苦伶仃的日子。

“反正他这个人在金钱方面可以说是毛病一大堆。我父亲去世以后，我原想，这下总不至于再这么不闻不问了吧，谁承想，最近他对我母亲又开始这么一副德行了。父亲早先在 NTT[①] 工作，母亲是家庭主妇，靠着零敲碎打地自己挣点零花钱雇了阿姨做家务，家里

① NTT：日本电报电话公司，成立于 1976 年，是日本最大的电信服务供应商。

也多少还有点积蓄，所以我起先总是尽量想着不去用到他的钱，可他老是这副德行，两个人再这么将就下去，对谁都没有好处。”

中村女士现在45岁。假如这段以金钱为目的的婚姻结束，今后她还能否再修成一段正常的婚姻呢？

“一个人过得太孤寂了，可能会找个伴交往交往，不过结婚应该不会了吧。从经济方面来考虑，假如有个人可以依靠依靠，我想当然不会拒绝吧。据说年满60岁后，只能领取到一点点的公共养老保险金，嗯，到那时候我想也只能找根绳子自己把自己勒死算了。”

准备迈出离婚这一步的中村女士，现在与丈夫处于同居一室却不冷不热的状态。她把自己每星期2次到3次打零工挣的钱都偷偷存了起来。一天大概可以收入6 000日元到7 000日元。

因为自己被鉴定为精神残障者，她要让这一好处发挥出最充分的作用。

“说是精神残障，其实并不严重，好处是看场电影只需1 000日元，乘坐东京都运营的公交巴士和地铁都是免费的……很多公司有录用残障者的制度，不过现在很严格了，企业方面也会尽可能录用那些有技能有实际工作经验的人，比如会簿记①，或者会用电脑制作网页的人，就容易被录用，我试着申请了几次，一次也没有成功。”

最后，节目组想听一听中村女士今后的生活目标是什么。中村女士毫不踌躇，用爽直的语气答道：

“快乐活着，干干脆脆死掉。我喜欢旅行，一点一点地攒个5万日元——一年能积攒下5万来日元的话，就去海外旅行，然后再攒，再旅行，等到活够了的时候，‘嘎’的一下死掉算数。我什么也不会

① 簿记：指填制凭证、登记账目、结算账目、编制报表等会计工作。

留下，什么也不想留下，只要当下活得快乐就行了，反正对我来说没有未来，真的。没办法。我知道，都是我自己的错。我也不想继续努力了，从国家口袋里拿到一点点健康保险费就很感激了，我已经没什么好抱怨的了——实在不好意思，说了这么多怪话，让你们见笑了。”

或许，中村女士的婚姻生活并非她心底里所期望的。然而不得不接受像这样的婚姻生活的“40 岁上下”世代，难道真的只有中村女士一人吗？真的只是特别奇妙的人才会遭遇到的奇妙故事吗？连续采访下来，节目组成员似乎已经被这个问题搞晕了。

9 未婚化状况最严峻的是“40 岁上下”世代

在日本，我们多多少少能感受到所有世代的未婚化问题都加重了，我们简单地认为年轻世代中不愿结婚的人越来越多，但当节目组成员根据国势调查数据仔细统计了一下各个世代的未婚率时，发现了一个令人震惊的事实：

当我们将 2000 年至 2015 年这期间各个世代的未婚率进行比较后却发现，“40 岁上下”世代的未婚率上升最为显著（见下图）。

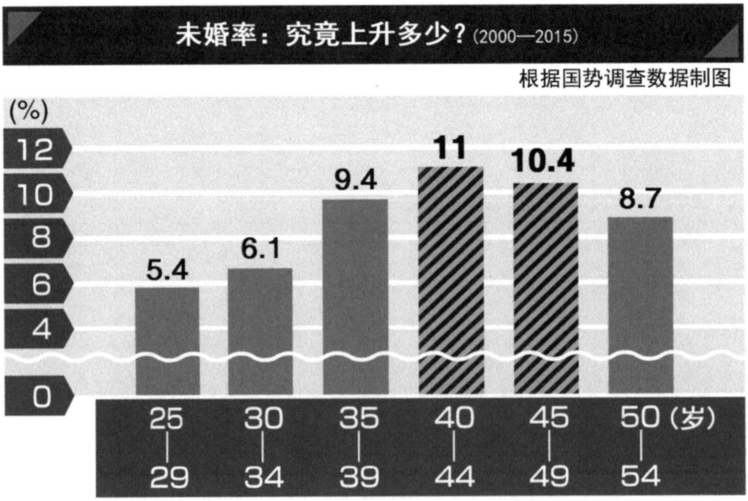

虽说结婚还是不结婚，是每一个人的自由，但是“40岁上下”世代做出不结婚的选择，却并不全然都是出于个人的原因。

“听到说谁谁结婚啦、生孩子啦等有关孩子的话题，总是感觉痛苦得不得了。自己为什么结不了婚，为什么生不了孩子，这样的阴影老是在脑海里萦绕，真的，太痛苦了。”（42岁女性）

“请社会宽容不结婚的人生，宽容不生孩子的人生吧!”（38岁女性）

这些只是节目组听到的部分心声。“40岁上下”世代踏上社会之时恰逢就业冰河期，这一事实不仅给他们的工作带来影响，也不可避免地给他们的婚姻蒙上了阴影。

第三章　绝非与己无关的“7040问题”

——中年危机：家庭篇（家人护理及兄弟姐妹关系）

1 父亲不满“拒绝自立的儿子”试图将其刺死

2017 年 8 月，大阪市内的住宅区发生了一起杀人未遂案件。事后，一位时年 75 岁的父亲，因为用菜刀朝躺在家里床上的 43 岁儿子脸上猛砍、试图将其杀死的嫌疑而被逮捕。父亲在砍杀未遂后拨打 110 电话，向警察报警称：“我刚刚用菜刀砍了我儿子!”警察接警后赶到现场了解情况，这位父亲对自己的犯罪行为供认不讳。

面对警察的问询，父亲供述称：“儿子到现在还不肯自立，自暴自弃，赖在家里不肯出去工作，看见他这样我实在忍不下去了。”他儿子并非中年无业者，而是一名公司职员。

这对父子之间究竟发生了什么事？事实真相依旧未明。不过，在看到这条消息报道后，节目组成员脑海里立即浮现出几位通过采访而认识的“40 岁上下”世代的男女形象，他们之中，也有人至今寄居在高龄的父母身边。不知道他们在看了这条消息报道后，会是一种什么样的心情。

2　中年未婚者与父母同居的人日益增多

“40 岁上下”世代中，尤其是未婚者中，越来越多的人选择和高龄的父母同住（见下图）。查阅国势调查数据发现，“与父母同住的‘40 岁上下’世代未婚者人数”2000 年为 155 万人，而仅仅过了 15 年，至 2015 年就猛增到了 291 万人。

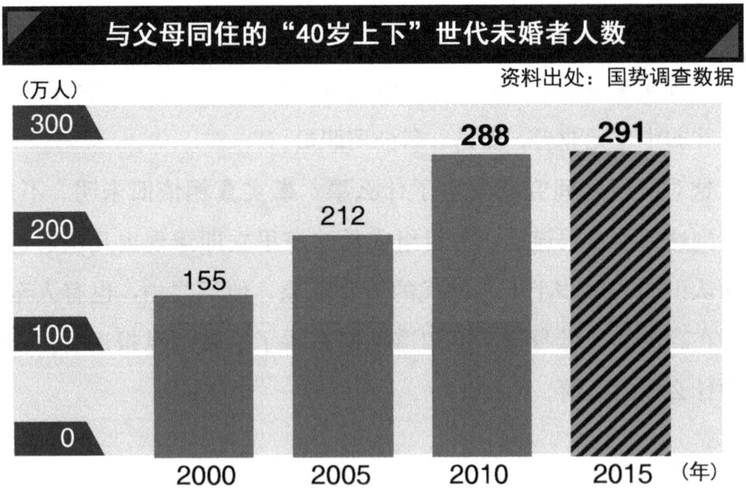

“工作之后仍旧和父母住在一块儿，生活费由父母负担或者起码补贴一部分，我自己的收入自己存下来，这样的独身生活难道不值

得开心得唱几句吗?”说起来，选择这种生活方式的人被鄙视为“独身寄生族”(parasite single)，是寄生于父母身边的独身者。这个词最早也是由山田昌弘教授在1999年首创的。曾经，说起独身寄生族，给人的印象是寄居在父母亲身边过着无忧无虑的啃老生活的一群人，甚至被视为拉动社会消费的动力。

而如今，假设上网搜索一下“独身寄生族”一词，显示出来的主题词已然大不相同了。而旁边大约是表示联想词吧，会自动地与“独身寄生族”一同跳出来，连在一起的话便成这样：

“独身寄生族　末路”

“独身寄生族　原因”

“独身寄生族　男”

“独身寄生族　40岁女性”

“独身寄生族　老后”

“独身寄生族　问题点”

……

看这情势，总有点古里古怪的感觉。独身寄生族身上，究竟发生了什么?

(1)独身寄生族20年后会怎么样?(44岁，女性)

一个工作日的傍晚，节目组在北海道某大型商业综合体的停车场，等候采访对象田中绘美(化名，44岁)的到来。须臾，田中女士驾驶着一辆白色的轻型旅行车现身了。田中女士是单身，家里还有73岁的父亲和67岁的母亲，三个人一起生活。迄今为止，田中女士一次也没有离开家自己住出去单过。她今天驾驶的车也是父亲的车。田中女士眼下没有工作，正打算去职业安定所碰碰运气，于是，节目组请她坐上采访车一同前往，在途中进行采访。路上，田中女士讲述起自己对于现状的强烈不安。

“年轻的时候，怎么会想到竟然成了这样的中年人了呀。”

田中女士从当地的高中毕业后，开始在机场内的小卖部工作，作为正式员工工作了大约有4年，由于腰部疾患，无法长时间站立，不得已而辞职。之后又换了几份工作，大都是综合事务类的工作，但始终没能进入企业。她辞职那阵，恰好日本全社会陷入了就业冰河期，好不容易找到一份工作，是在当地道厅①机关当一名临时职员，合同期限为半年，半年后可以续签合同，但如果业务不甚繁忙，这份临时性的工作便告结束，等之后有需求时再招募，想做的话须重新应聘。田中女士就这样断断续续做了几年，今年9月临时合同又期满，2个多月过去了，下一份新的工作至今还没有着落。20多岁的时候，对这种极不稳定的生活她还感受不到危机。

“说出来怪不好意思的，和父母住在一起的话，房租的开销可以省了，生活上也感觉不到很大的不便，总之，就不会有很强烈的危机感了。”

然而，随着年龄渐长，状况一点点发生了变化。节目组听田中女士的讲述正听得入神，车子已经来到职业安定所门前。田中女士走进楼内，立即来到公用电脑前，在年龄栏内输入“44”，跳出来若干条招聘信息。

“像我这样超过40岁的女性，想入职成为正式员工是不要想了。

① 即北海道厅。日本全国划分为1都（东京都）、1道（北海道）、2府（京都府、大阪府）及43县共47个地方自治体（也称“地方公共团体”，相当于中国的省级行政区划），处理地方自治体行政事务的机关（官厅）称为“厅”，如都厅、道厅、县厅等。

还有，大多数岗位都需要资格证什么的。我希望找的综合事务类的岗位，倍率又特别高。”

果然，看了看发布出来的招聘信息，大多是美容师、看护师、看护士等需要专门资格证的岗位。非全日制零工类的招聘信息也有若干条餐饮店或者运输公司的，可是对腰疾在身的田中女士来说，纯粹属于无法应聘的无效信息。当天，田中女士没有发现一份自己能符合招聘条件的工作。

“每天都是这样，无功而返，然后再每天重复。现在不要说没有力气找工作了，简直是撑着活下去都累得不得了啊。”

走出职业安定所时，田中女士有气无力地这样说道。像田中女士这样，渐渐丧失工作愿望的现象，本书第一章中登场的东京大学玄田有史教授之前就曾经指出过。玄田教授针对20岁以上59岁以下的未婚失业者做过一项调查，并且将其中“既没有工作，又与人几乎没有任何交流沟通”的人群命名为“孤立无业者”（SNEP），他还同时指出，除了父母以外不和任何人有言语交流的40岁上下的男女明显呈增加趋势。看来，独身寄生族已经渐渐被这个社会孤立化了。

采访地点转移到一家茶餐厅。节目组继续听田中女士讲述她的故事。谈话过程中，田中女士始终视线朝下，给人一种很不自信的感觉。

这时候，田中女士从挎包中拿出一份求职简历，继续说道：“我对自己很没自信，简历上一直只敢写做过道厅机关的临时职员。”

其实田中女士并不乏专业资格。在道厅当临时职员的时候，她工作之余还考取了秘书、珠算、电脑等相关资格证，绝不是一个不肯努力的人。至于迄今为止一次也没有离开过家、住出去单过的理由，她解释说：“我的收入不足以支撑过一个人的生活呀，再说我父母也反对我住出去。”对于独生女儿单独出去住，确实有不少父母持反对的态度。可是，到了40来岁的年纪，父母的态度却开始起了变化：“你老不肯赶快结婚，走投无路了吧，结果只好一天到晚窝在家里，哪儿也去不了。你到底打算怎么办啊?”

父亲不止一次地这样数落她。然而这么些年来一直是非正规就业的田中女士，似乎还看不到经济独立的曙光，眼下还没有余力考虑搬出去一个人单过和结婚的事。她揣在挎包里、特意拿出来给节目组成员看的存折上，最新一行打印的金额是9 000日元。

“到月底还要扣手机通讯费，所以9 000块都没有了。”

多年来一直作为家庭支柱的父亲已经退休了。现在，支撑这一家人生活的主要经济来源是父亲的养老金。

和父母一同生活的中年男女，经济上无法独立，这种事例不在少数。根据养老保险长者保障综合研究机构发布的报告（2016年），和父母同住的40岁至50岁的未婚女性中，有66.8%的人在调查中称要依靠父母补贴来维持自己的生计。

我恨不得去死……中年女性的悲鸣

田中女士4年前患上子宫疾病，需要接受手术，一时凑不齐手术费用，结果是母亲替她付的。这个月，母亲又替她支付了看牙的费用和国民健康保险费。

“形式上是向母亲借的，可是说句老实话，我也不知道什么时候能还上。母亲跟我说了：‘你今后打算怎么办呀?’所以，现在在父母这儿住得也很不是滋味。”

田中女士说，身为家庭主妇的母亲最近因身体不适每天都往医

家里主要由谁维持一家生计

（与父母同住的40岁至50岁未婚女性）

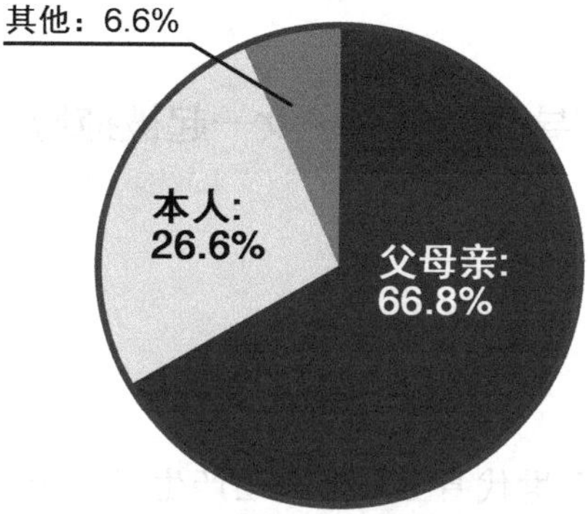

根据养老保险长者保障综合研究机构发布的报告（2016年）制图

院跑。田中女士眼下最大的不安就是，不远的将来即将面临的母亲的照料问题了。

“我自己的生活还得靠父母亲支援，让我去帮助父母亲肯定是做不到的。我现在恨不得把脖子一勒死了算了，死了就不会麻烦到任何人了。”从田中女士口中说出“恨不得去死”这句话，令节目组成员大吃一惊。

现在，田中女士和父母一起住在父母购买的独栋房子里。假如父母去世，她想要继续住下去会有很多问题。“将来，这栋独栋房子必须缴纳的固定资产税以及维护费是很大一笔钱哪，想想这些，估计只能把房子卖掉了。”

听着田中女士的讲述，不知不觉天色已暗。最后，节目组成员问田中女士对于今后有什么期待，田中女士依旧低着头，淡淡地答道：

“普普通通地生活，普普通通地活下去就感天谢地了。真的，我只想要普通，就这么一点期待。”

3 “7040 问题”导致父母和子女一起被拖垮

在“40 岁上下”世代身上，近来还产生了一个被称为“7040”的全新问题。这是之前仅在社会福祉咨询师中间谈及的问题，指的是年届 70 岁的父母与 40 来岁的子女共同生活的情况，父母和子女一起被拖垮的风险大大增加。

当“40 岁上下”世代正值 20 来岁，选择“独身寄生族”这种生活方式的时候，父母只有 50 来岁，尚在努力工作因而有稳定的收入。然而 20 年光阴逝去，再来看看这样的家庭，工作不稳定，非正规就业者日益增多，子女的收入并不像他们 20 来岁所憧憬的那样逐年增加；另一方面，父母辈也都迎来退休，已经步入靠养老金度日的晚年生活了。

前文曾经出场的山田昌弘教授指出，最近这 20 年，压向他们的种种危机被忽视了。

“分户则贫，日本讲究的是户主制家庭，假如户主也就是父亲收入高的话，扶养的对象是个 10 岁的孩子还是 40 岁的中年大叔，其实都差不多。孩子当中工作好又是正式员工的都结婚离家了，换句话说，只剩下非正规就业的或者无业的孩子，他们蜷缩在父母的羽翼下，不得不和父母同住。当他们的父母去世后，撇下这些生活能力低下的孩子，他们将怎么样生活下去呢？我觉得，沦落为社会最底层的可能性非常高。”

(1) 照料母亲和姐姐让我看不到未来
(38 岁，女性)

尽管没能用镜头记录，但在采访过程中遇到的一名女性，令节目组成员无法忘却：池田由希女士（化名，38 岁）。身为就业冰河期世代的其中一人，她主动同节目组取得联系，在寄回节目组的问卷表中，她用平淡的语气讲述了自己的悲惨现状：

“我必须照料家人，所以分不开身去寻找正规就业的工作，现在和父母住在一起，基本上靠着父母的养老金生活。万一父母亲不行了的时候，我就不得不出去独立生活，可是我身体不好，估计是很难找到正规的工作。想想将来，只看见一个无底深渊横在眼前。”

池田女士的父母年逾七旬，目前靠养老金生活，她已步入中年却仍无法挣钱养活自己，而且池田女士肩头还扛着一副照料年迈父母的重担，这是一个典型的“7040”例子。为了更好地了解问题究竟有多严重，节目组尝试采访池田女士。

同池田女士得以面对面畅叙，是在 2017 年的 11 月下旬。

“我想我这样的情况并不是冰河期世代所特有的问题，之所以这个样子，完全是我个人的原因。”一打开话匣，池田女士便将自身所面临的窘困处境归因为“自我责任”，这反而令人感觉到问题的严重性。因为事实上，在就同样的主题进行采访的过程中，很多采访对象都下意识地把自己所处的现状归因为“自我责任”。他们的共通之处都是“找不到正规雇用的工作”“没有余力考虑结婚的事”，面对生活的艰辛，他们只会深信不疑地认为，这都是“因为自己”，而多数情况下，越是对此深信不疑的人，其面临的问题也越严重。节目组在采访中渐渐认识到，“都是自己不好才造成现在这个样子，所以我也没有资格去求别人帮助”，冰河期世代特有的这种“受助能力”之低下，又更加进一步将他们逼入痛苦不堪的绝境。

住在东京市区的池田女士，现在和年逾70的父母亲以及90多岁的祖母生活在一起，一块儿生活的还有比她稍长几岁的姐姐。她目前没有工作。

高中时代英语成绩良好的池田女士，毕业后立志掌握更加地道的英语，于是选择进了国外大学的日本分校。校区位于东京市区，她每天往返就读。入学刚刚1年，她就遇到了一场考验，她完全跟不上全部使用外语授课的学业，1999年，池田女士不得已选择了退学，其时也正是日本经济最不景气的时期。或许是为了证明现在的窘困确实都是源于自己，她特意向节目组工作人员强调：当初选择退学是多么地愚蠢啊。

“单单因为学业跟不上就退学，现在回过头来想想，真的是太愚蠢了。我这个人实在差劲，当时为什么就没有好好努力坚持下去呢。”

退学后，池田女士在服务行业打起了零工，成为一名自由职业者。据她说，当时虽然知道有一份工作很重要，但当时并不了解通过正规雇用形式工作的重要性。

“退学那时候，社会上对于自由职业者并没有什么负面看法，也就是换工作方便，可以随时随地想辞职就辞职这样的印象，而且和企业正式员工在工作内容上也基本没什么区别，总之，就是认为是众多选择中的一种吧。再说我那时候才20岁，没有觉得说非得找一份正规的工作，没有那种危机意识呀，心想等将来到了那个时候再找也不迟，我当时就是这么想的。”

20 来岁开始一直断断续续打零工维持生计的池田女士，在她 26 岁的时候突然打定主意，要进企业成为一名正式员工，因为老是打零工，工作内容过于单调，感受不到其中的工作乐趣。在这之前，池田女士已经换过好几份工作，接触过多种行业，但没有一份工作能让她坚持做满 1 年的，假如成为企业正式员工的话，就看得到希望，有奔头，还能长期干下去。带着这样的想法，池田女士登录求职网站，开始寻找招聘正式员工的求职信息，也接受过多次面试，其中一家企业招聘主管的一句话令她牢记至今。

“面试主管问我，为什么一开始找工作的时候选择的是打零工这种雇用形式？我当时心里还觉得奇怪，怎么会问这样的问题呢。后来那位面试主管告诉我，一开始选择打零工、当自由职业者的人，再想要成为企业正式员工是很难的。这么一说，让我大吃一惊，从来就不知道啊。”

随着年龄增长，自由职业者要成为企业正式员工，面临着极大的困难。

自那以后，池田女士开始有了危机感，她时常跑职业安定所，社区发行的求职杂志也一期不落地从头到尾浏览一遍，为成为一名正式员工而主动出击。大约接受了 10 家企业的面试后，运气终于来了，她被一家企业录用为正式员工，从事小班制英语口语培训班的推广工作。选择这个行业，是因为池田女士觉得自己的英语可能会有发挥的机会。

想不到的是，入职仅仅半年，英语口语培训班由于市场不景气，突然间就关闭了。好不容易才入的职，这下池田女士受到的打击自然非常大，因为作为正式员工仅仅工作了半年，这对自己的从业经历谈不上有什么帮助。

“努力了半天好不容易才成为一名正式员工……我当时很受刺激，可是要生活下去，还是得工作呀，不过从那以后我也不那么坚持成为正式员工了，毕竟找这样的工作要花费很多时间，而且也不保证一定成功。”

结果，池田女士的下一份工作仍旧是非全日制零工。虽说想着一边非正规就业一边继续求职寻找成为正式员工的机会，但实际上，打零工耗去了她大部分的时间和精力，根本没有空闲像模像样地求职。对自己的体力不怎么自信的池田女士，打零工和求职同时并举，对她而言是件难上加难的事。想要继续求职，就不得不辞掉手头的工作，这样一来收入就断了。陷入两难境地的池田女士最后想出一个办法——希望自己“薄技在身”，也就是一边工作一边考取资格证。她瞄准的是“group home”①，因为只要拥有“居家护理2级”以上的资格，就有很大希望可以转为正式员工。现在的她，每星期5天从事护理工作，双休日则全部用于上培训课程以便考取资格证。

一点也帮不上家人的忙

其实，池田女士之所以选择这份工作是有原因的，她身边的家人现在就需要这样的护理。池田女士家里有个生活在一起的姐姐，姐姐患有精神障碍，属于轻度精神残障，平常几乎无法独自出门，此外，还有一个成天躺在床上的祖母，时刻需要有人贴身护理。迄今为止，姐姐和祖母都是由母亲一手护理照料的，但是看到母亲日

① group home：在日本又称“集团生活型护理”，是一种针对高龄者、残障者以及因各种原因无法与监护人共同生活的儿童提供护理服务且尽量对其正常生活不产生影响的社会服务形式，类似于“居家护理”。

渐衰迈的身影，池田女士感到，自己必须及早闯入护理这个行当，多学一点专门知识和技能，好替母亲挑起这副重担。

一边从事护理工作，一边利用所有双休日时间学习以便考取资格证，将来好接替母亲承担起护理家人的重担——这样的生活持续了相当一段时间。然而，这样的生活对池田女士来说，实在辛苦。20来岁的时候，工作了大约才1年的池田女士，由于精神压力过大，患上了失眠症，而护理的工作时间上无规律，加之对护理工作尚不熟练、不习惯，更令她感到身心疲惫，她一边定期跑医院精神科接受心理治疗一边坚持工作，她的身体开始发出抗议了。护理工作有时候需要抱起被护理对象，有一定的体力上的要求，因此从事这项工作的人不少都会出现腰痛的情况，池田女士也不例外，有时工作途中腰部会剧烈疼痛起来，影响到工作。可以说，池田女士在精神层面和体力层面都几乎达到了极限，偏偏此时“屋漏偏遭连夜雨”，全身心扑在护理家人上的母亲患上了眼病，三天两头得跑医院。由于照料家人与护理工作无法两全，29岁时池田女士不得不辞去了居家护理的工作。

被家人护理所累，无法正常工作

池田女士29岁时辞去工作，迄今已差不多10年了。因为要照料和护理家人，这几年间她完全没办法继续打零工，现在不止池田女士的生活费用，包括家人所有的生活费用和医药费用，全都要靠父母亲的养老金来负担。

池田女士用细弱的声音向节目组讲述着。

如今，她承揽下了家里的所有家务活，除此以外，还要照料和护理姐姐和母亲，父亲不参与家务事和护理，以前都交由母亲和池田负责。但是，家中唯一尚算身体健康的父亲也已经年过 70 了，眼看身体状况也将一天不如一天。池田女士担心照此下去，除了姐姐、祖母和母亲，父亲也可能成为自己的护理对象，她一个人将要护理 4 个家人。不过，池田女士似乎已经做好了这样的心理准备，她的心境也随之渐渐稍有好转。

“只要我生活在这个家里，就要为这个家做一点贡献。虽然不能干什么工作挣钱，可我现在想明白了，护理家人就是我的工作。我也知道不出去工作是不行的，可是家里人这个样子我实在放心不下，家里人也因为我愿意在家里照料他们而感谢我呢。”

池田女士的生活完全依赖父母亲的养老金。在旁人看来，现在这样的生活不可能长久持续下去，这一点是非常清楚的。即将到来的是父母亲去世以后的生活，到那时，池田女士又将如何生活下去呢?

“随着年纪一点点上去，对今后的生活也开始不安起来。所以说，现在很想找份能挣到钱的工作，不管什么样的工作都行，反正正式员工是难了，也只有打打零工了，不过现在要顾着护理家里人，好像也不行。”

一方面对父母去世以后的生活抱有危机感，但是另一方面，沉重的现状又让她无法迈出下一步。池田女士为此苦恼不已。

此次采访中，令人深感诧异的是多数被访者的讲述竟然如此不约而同。

其中之一是，目前自己之所以深陷窘困的境地，是因为自己不够努力。似乎他们将之归咎于“自我责任”到了超出必要程度的地步。

确实，无论哪个世代，都有大量的人得以进入大型企业、优良企业就职，从而使得其后实现财务自由、过上怡然舒适的正常生活。然而现今，能够进入那样低风险、高保障的企业工作的人，从占比上说显然较之上一两个世代要低得多，可是依旧有很多人将无法享受舒适生活的责任全部归咎于自己，其实完全是不必要的，这或许是每次求职失败之际，周围人嗤之以“还不是你自己的问题啊”这样的理由而带来的后遗症吧。由于这样的原因，他们更加缺乏自信，也更加容易对工作丧失愿望。

对他们这个世代而言，最迫切需要的应该是“自我肯定感”。如何才能提高他们的自我肯定感，则需要多种多样的方法和手段。

《中年危机观察：失意的一代》专题片播出半年后，节目组再次向池田女士提出采访要求，想听听她这半年来境况有什么改变，有没有出现什么可喜的兆头。

“境况一点也没有改变。与其说是就业冰河期世代的问题，自我感觉更多的还是我自己的问题，所以抱歉，就不接受采访了，你们来了也没法给你们什么有益的参考。”

看来池田女士依然固执地认为，“7040 问题”并不是世代共有的问题，而纯粹是她“个人的问题”。

事实上，这个问题越是拖延下去，其事态就会变得越加严重。“40 岁上下”世代恳切希望社会给予帮助的心声无从吐露，只能独自无声地为父母离世后自己的生活担忧和苦恼，那么究竟应该推出何种政策，才能向他们提供全方位的有效的社会援助呢？各地地方政府以及民间的志愿团体，已经开始探索向他们伸出援手、提供帮助的可行方案。

4　什么是“兄弟姐妹危机”？

节目组在与“40 岁上下”世代交流对话的过程中感到，问题似乎不仅仅局限于被访者本人。“我现在自己的生活基本上没什么问题，可我弟弟因为是非正规就业者，所以我还是有那么点不安。”“哥哥至今没有结婚，和父母生活在一起，我想象不出一旦我父母去世后他怎么生活，为此非常担忧，可是又不敢问他。”像这类“40 岁上下”世代因为家人的种种情况而不安的不在少数。或许有人会觉得，哪怕是兄弟姐妹，可毕竟是大人了，大人的事情不是应该由大人自己去解决吗？然而在日本，家庭问题的复杂性，大多数人通过各自的亲身体验都能感受得到吧。

举例来说，单单父母老后由谁来承担主要的照料义务，就绝非可以简单下结论的问题，因为兄弟姐妹之间经济能力高低不等，甚至彼此间还不乏争论，父母老后必须由子女照料吗？此外，兄弟姐妹中假如一人经济拮据，其他兄弟姐妹是否应当伸出援手、应当多大程度上给予援助？总之，在与“40 岁上下”世代接触的过程中，节目组听到了来自当事人的各种各样的疑问。

为此，节目组请教了持续关注“40 岁上下”世代各种问题的纪实作家古川雅子女士，古川雅子女士曾经将这种现象命名为“兄弟姐妹危机”，即成年人由于兄弟姐妹的原因而面临破绽百出、生活质量显著下滑的危机。在古川女士与社会学家平山亮合著的《“兄弟姐妹危机”：无业弟弟、不婚姐姐的将来谁来照料?》（朝日新书）一书中指出，父母去世以后显现的“兄弟姐妹危机”，主要有以下四种情形：

① 本来自己经济就不宽裕，因为全力支援家中穷困交加的兄弟姐妹，最后导致一同被拖垮；

② 本来自己经济就不宽裕，因为家中有穷困交加的兄弟姐妹，不得不向地方政府申请“生活保护”（也就是本人拒绝扶养），其后负疚不已，兄弟姐妹间的关系也变得越来越淡漠；

③ 兄弟姐妹中有独身且积蓄全无的人住院治疗或者需要人护理，而本人已经担负了其他家人的护理，抑或经济上已经没有余力，抑或生活在两地，照料不过来；

④ 围绕父母的护理照料或者财产继承问题，兄弟姐妹之间关系破裂，断绝往来。

“40 岁上下”世代所面临的“兄弟姐妹危机”，以客观的角度去关注这一点尤为必要。古川女士还指出，兄弟姐妹间出现了“新的差距”，这一趋势今后必将越来越显现出来。

“兄弟姐妹之间的关系不同于父母和子女的关系，属于同一世代。现在的‘40 岁上下’世代经济上陷于不安定状态的人占了很大一部分。受这个时代波及而产生的‘40 岁上下’世代的种种问题，假如通过兄弟姐妹之间的关系这个切入口来审视的话可以发现，既有运气较好，找到一份正规雇用形式的工作，结婚、生子，组成幸福小家庭的，也有找不到工作，没有经济能力从父母身边搬出去独立生活，结婚也困难重重，加上雇用环境的恶化而导致身心俱疲、无法正常工作的……兄弟姐妹之间也出现了严重的两极分化现象，而即使作为伸出援手援助兄弟姐妹的一方，也未见得经济能力十分宽裕。”

迄今为止，日本人倾向于将家庭与社会分割开来加以审视。即使有心支援自己的兄弟姐妹，也往往力不从心……陷入这样的两难境地后，还一味地认为是因为“自己能力不足”并为之自责，而周围又缺乏向人倾诉这种窘困的氛围。这种日本社会特有的自闭性使得大多数人放弃了思考和争取，而现在，这个问题仅仅限于家庭内部的话已经无法承受，“40 岁上下”世代开始发出了走投无路的悲鸣。

(1) 同时兼做 4 份零工，仍担忧兄弟姐妹一同被拖垮（46 岁，男性）

2018 年 5 月下旬。生活在东京的中野真也先生（化名，46 岁）向节目组讲述了他的“兄弟姐妹危机”的真实现状。当节目组应约登门来到中野先生租住的公寓时，只见墙上贴着一张纸，好像是打工用的轮班时间表。

“我现在同时做着 4 份工，有白天的有晚上的，所以每个月自己写好这么一张表贴在墙上，否则的话，今天要去哪里打工会搞糊涂的。”

中野先生从事的工作有便利店店员、中华料理店服务员、卫浴设备的现场演示销售以及建筑工地工人 4 种，都是交替勤务制，白天现场演示销售或建筑工地的活结束后便直奔便利店接着做夜班的时候也不少。当天的采访结束后，他便要赶去便利店上班了。睡觉也是有时白天有时晚上，每天不固定。而这样的日子他已经持续了 10 年以上。

“之所以同时做好几份工作，主要是作为备用的选择，万一哪份工作断了，也不至于产生多大影响。到底现在是40多岁的人了，体力上感觉有点吃不消，不过也没有办法啊。”

中野先生这种轮班倒、连轴转的生活始于他33岁那年。大学毕业时尽管正逢就业冰河期，但他还是得以入职一家大型的期货交易公司，成为一名正式员工，然而33岁那年公司却倒闭了，虽然他积极地找工作，但并不顺利，自那以后便一直以非正规就业形式干些非全日制的零工。几份工作加在一起，每月收入超过30万日元，因为是一个人独自生活，所以日子过得还蛮好。不过，随着年龄增长，他渐渐对自己的体力状况不那么自信了。说到为什么如此拼命工作，中野先生回答说，理由之一是因为哥哥。

这件事情要从2年前说起，在广岛市独自一人生活的72岁的母亲突然患了老年痴呆症。自16年前父亲去世后，母亲一直一个人独立生活。这天，中野先生刚刚结束便利店的工作回到公寓，手机铃响了，电话另一头是名警察。

“我吓了一大跳。对方跟我说：‘这里是某某警察署，您的母亲现在暂时被安置在我们这里，请您尽快过来领她回去。’”

原来中野先生的母亲乘坐电车外出，结果回来时却不记得家住在什么地方了，在马路上彷徨之际，不慎跌倒，还受了点轻伤，幸好警察赶到将她领到警署安顿下来。中野先生无法立即赶回广岛，于是和同样住在广岛市、比自己大4岁的哥哥联系上，拜托他先去警署把母亲领回家。

“当时就一个反应，怎么会啊……我来到东京以后，每年回老家一次去看她，偶尔不回去的时候也有，但是做梦也不会想到母亲竟得了老年痴呆症，太意外了！”

中野先生随后赶到广岛市，和哥哥商议起母亲今后的护理问题来，看谁能担负起母亲的护理之责。哥哥独身未婚，非正规就业于一家工厂，收入并不宽裕，另一方面，中野先生即使返回广岛老家，也难保证能找到像在东京这样自在的工作，兄弟二人的收入均不稳定，加上时间也不充裕，而护理母亲的工作犹如自天而降的一副重担，就这样突如其来地落到兄弟二人肩上。最后商议的结果是，由住在广岛市内的哥哥辞掉工作，担负起护理母亲的工作。现在，年已 50 的哥哥没有工作，哥哥和母亲的生活都靠母亲的养老金，这边中野先生为了从经济上支援母亲和哥哥，便开始拼命工作，压缩睡眠时间，同时干着 4 份零工，每天生活极不规律。即使到时候母亲不再需要护理了，可还是有一个无业在家的哥哥，中野先生仍然需要照料他今后的生活。

“我只能在经济上面给哥哥一点支援，不过终归也是有限的。现在的我，早就偏离了当初的人生目标，甚至看不到那个目标了。现在，看到的只有不安和危机。”

兄弟姐妹之中假如有人缺乏经济能力因而陷入生活困境时，到底要不要伸出援手、怎么做才合理？节目组请精通家庭扶养问题的东京律师协会的山川幸生律师对此进行了解读。

山川律师介绍说，《日本民法典》第 877 条第 1 款明确规定：“直系亲属及兄弟姐妹之间，有相互扶养的义务。”第 2 款则规定了：“当存在特殊且必要情形时，除上述第 1 款规定外，家庭法院还可以裁决三亲等以内的亲属之间履行相互扶养义务。”三亲等的话，叔父、叔母也都包含在扶养对象范围以内了。那么，兄弟姐妹之间的扶养到底算不算法定义务？山川律师继续解释说，兄弟姐妹之间的扶养义务属于限定性的义务。

“兄弟姐妹之间的扶养义务，要置于具备经济能力这个前提下来理解，这样就不会产生疑问了。从一个人的社会及经济地位来看，假如他并不具备与其地位相匹配且绰有余裕的生活水准，那么也就谈不上扶养义务了。”

据山川律师说，在实践中，扶养义务一般为“经当事人之间协议或者由家庭法院调停、裁决”后方才产生，假如没有协议或者法院的调停或裁决，具体的扶养义务就不会产生。家庭法院裁决时，也需要审视，看其是否符合“与其社会及经济地位相匹配且绰有余裕的生活水准”这个衡量标准，假如确无余裕，则会裁决不负有扶养义务。事实上，兄弟姐妹之间发生扶养义务的案例并不多，所以没有必要对此过分在意。

既然如此，为什么还会产生“兄弟姐妹危机”呢？

山川律师拿出一本《低收入人群生活保障与扶养义务》（近畿律师联合会著，民事法研究会，平成二十六年出版）的小册子给节目组做参考，同时就近年来的低收入人群生活保障问题做了相关介绍。据其介绍，由于近一段时期社会上对于低收入人群生活保障法颇多责难，导致日本在低收入人群生活保障问题上变得谨小慎微起来。

2012年，某周刊杂志报道了一名人气明星的母亲享受低收入生活人群保障的事，批评这位明星没有尽到扶养的义务。然而根据山川律师的见解，这位明星并没有疏于履行民法意义上的扶养义务，也没有违反低收入人群生活保障法的有关规定，而是公众对于低收入人群生活保障法本身存在着误解。

大阪市全市享受低收入人群生活保障的共有11万8 000户，对这些享受者的亲属的就职单位情况调查的结果表明，其中有156人是市政厅机关工作人员，这156人中有13人对身为低收入人群生活保障享受者的亲属有经济支援。为此，大阪市从2013年开始制作了一份一览表，根据负有扶养义务者的年收入设定了其经济支援的金额标准。2014年，《关于修订低收入人群生活保障法部分条款的法律》开始实施，这部法律对保障法许多内容进行了修订并新增了若干条款，特别是在扶养义务方面，新增了向扶养义务者事前通知以及赋予相关部门对扶养义务者进行调查的权限，被认为是对扶养义务者切实履行其扶养义务的一种强力施压。

大阪市的做法，实际上是将完全不涉及民法中关于扶养义务规定的义务强加在了有关人员身上，因而有一种批评认为，这样做是对有关人员以及低收入人群生活保障享受者隐私的过分干涉，是错误的。此外，还有人担心，这样一来低收入人群可能会顾虑亲属的隐私被公之于众而不敢申请生活保障，客观上使得这项利民措施得不到彻底落实。然而根据山川律师的分析，法律上对于兄弟姐妹之间的义务约束力十分有限，所谓的"兄弟姐妹危机"，说白了不过是舆论炒作出来的一个噱头罢了。

而根据前面提到的古川雅子女士所说，日本人对于亲属护理，历来有一种视之为"家庭责任"的传统文化，根深蒂固，假如拒绝履行扶养义务，而任其申请生活保障的话，世人就会对其侧目以视，认为是一种"抛弃亲人、抛弃亲情"的无耻行为，令其陷于难以自拔的情感自责中。

"假如自己因为经济不宽裕而无法履行扶养义务，尽管不得已但最终仍会有其他的解决办法，没必要因为无法扶养而弄得像陌生人一样的，兄弟姐妹毕竟是兄弟姐妹，完全应该把这种亲情关系继续维持下去。但是，出于内疚心理，有时候这种兄弟姐妹间的正常关系也难免会变得很别扭。”

中野先生原本已做好今后继续在经济上照料哥哥的心理准备，可是，最近他却开始动摇了，有一种“想卸掉包袱”的念头。

“感觉和母亲还有哥哥在一起时的那种快乐和幸福感，渐渐模糊、渐渐消逝了，就像奥赛罗棋①一样，到了某个临界点，白棋全部翻转成了黑棋。我在想啊，为什么非要去管母亲和哥哥呢？他们慢慢地变成我的厌恨对象了。”

没有比这个更令人心酸的了。将自己扶养长大的母亲、和自己从小一块儿玩耍的哥哥，为什么要厌恨他们？目前独身的中野先生，将来打算结婚、养育自己的孩子，可是只要一想到结婚，脑海里就会浮出母亲和哥哥的影子，以至于现在连跨出恋爱这一步都不敢。

这原本应该作为一个社会问题来认真对待，但是在日本，其权利义务关系却似乎被替换成了家庭内部的问题。假如双方都具备一定的经济能力，则什么事情也不会发生，而当双方渐渐丧失了工作和挣钱能力的时候，加之核心家庭模式依旧如故、难以再现以前的大家庭模式，指望以家庭功能去填补社会功能不足而出现的问题，效果毕竟是有限的吧？

(2)“假如能轻易舍弃兄弟姐妹的情分倒好了……”（41岁，女性）

对于自己兄弟姐妹的境况最感到不安的，或许要算是一家的收入来源完全仰赖丈夫的那些家庭主妇。节目组曾经采访过一名女性，

① 奥赛罗棋（Othello）：也称“黑白棋”。

才知道她们这种不安有多么强烈。深田润子（化名，41岁），现住关西地区。4月下旬，在位于横滨市内首屈一指的网红打卡地的一家咖啡馆，笔者以及节目组其他成员同深田女士见了面，这是笔者同她的第一次见面。深田女士是位家庭主妇，丈夫是个时不时得调换工作地点的公务员，夫妇二人有一个7岁的孩子。她一头洒脱时尚的短发、黑色连衣裙、胳膊上挎着一只芥黄色的手提包，显得十分年轻，化妆打扮也很有品位。笔者情不自禁地想，她那大大的眼睛和高挺的鼻子，非常漂亮。她完全看不出有什么心思的样子。

"不好意思占用您时间了，我是NHK的新闻评论员……"

"让您久等了真是不好意思，庆典实在太长了。"

大概是步行赶来这儿的缘故，深田女士一边略微气喘吁吁的一边致歉道。当天，为了出席她夫家亲戚的结婚庆典，一家人全都跑到横滨来了。

3天前，通过电子邮件和深田女士约定了见面事宜。

"既然要到横滨来，不如找个地方坐下来聊一会儿吧？"

对于节目组近乎失礼的采访要求，深田女士爽快地接受了："庆典结束到正式用餐，中间大约有2个小时空当，假如这个时间没什么不方便的话……"

结婚庆典大约几时结束，笔者完全没有概念，姑且做好庆典很快结束的打算，于是笔者从下午3点起便坐在咖啡馆静候深田女士到来。不承想，庆典远比想象中来得要漫长，差不多一直等到下午四点半双方才终于见面。

"让您久等了真是不好意思。"

深田女士大概因为自己的迟到而感到歉疚，笔者宽慰她说"没关系，您完全不用介意"之后，她仍然低头垂眉。我们选了靠窗边一个最安静的位子坐下，点了两杯咖啡，然后开始交谈。

“家庭主妇”名头下深藏着的不安

深田女士出身于北陆地方[①]的一个偏僻小村，考入关西地区某大学映像专业学习，在就业冰河期最严酷的时期仍顺利地获得了第一志愿的企业的内定录用通知。

入职后，她运用在大学学到并掌握的映像专业知识，从事企业的产品广告与动画制作，随着资历渐深，她被提拔至管理岗位。30岁时，她和交往了多年的老家的竹马之交结婚，工作、家庭两不误，过上了充实的生活。10年前也就是“雷曼事件”爆发后，整个日本经济遭受了空前的重创，因派遣中止而失业的年轻人在在皆是，在那样的恶劣环境下，深田女士成为大家心目中公认的幸运儿。

然而，在她34岁那年，她却因为个人原因不得不退职。原来，因为丈夫工作调动，她不得不随迁，并且就在同一时期她发现自己怀上了孩子，怀孕和接踵而来的生育也是导致她辞去工作的原因之一。

“我并不是出于随性而辞职的。尽管明知丈夫工作地点可能经常调动还是和他结婚，但因为这个原因而辞职还是有点遗憾，那个工作本来是不想辞的。”

深田女士的丈夫是名公务员。因为工作上的理由，工作地点调动是不可避免的，或早或晚都会有这一天。深田女士带着“这一天还是来了”的心情，办理了退职，当起了家庭主妇。如今6年过去，深田女士为自己当年那么轻易地辞掉了工作而深感后悔。

---

① 北陆地方：日本本州岛中部靠日本海一侧地方的统称，包括新潟、富山、石川、福井四个县。

“最让我忧虑的是，将来——我是说万一啊——将来可能会因为经济上的原因而少了离婚的选择权，即使不离婚，单靠丈夫的收入也许没有能力度过一个理想的人生，这让我对将来感到有些恐惧。况且，自己不工作，靠丈夫挣钱养着，对我来说，就像是精神上欠了一笔账一样，很不自在。”

大学毕业后的前10年，和男士一样努力工作，随着年资的累积和实际工作能力的不断提高，成为企业中坚力量的深田女士，如今却转身为一名家庭主妇，只能靠丈夫的收入生活，其间的巨大落差似乎令深田女士深深地感到不安。

“您是不是和您丈夫的感情不那么和睦?”

听笔者这么问，深田女士立即摇了摇头。她说他们夫妻感情很好，丈夫为人本分，是个完全可以信得过的好男人。对深田女士，丈夫从不过多干涉，也不反对她培养一些爱好，深田女士对丈夫同样不多干涉，相互之间都能给予对方一定的个人空间。说起来，丈夫曾经有几次是自己一个人出去参加他喜爱的野外露营活动。

“像今天，我跟他说要和NHK的一个评论员会面聊一聊，中间我就离开一会儿，晚上就餐时再碰头啦，他也只是说：‘哦，是吗?’其他也没有多问。”说到这里，她笑了起来。

两人之间还有一个健康的孩子。在旁人的眼里，这是个顺风满帆的幸福家庭。丈夫是公务员，工作稳定，要是放在以前，绝对堪称中产阶层中“幸福之家”的典型。然而，正是这个家庭却令笔者痛切地窥见到一个事实，这个表面看上去十分幸福的家庭，其家庭结构却渐渐被一团阴影所笼罩。究竟是什么呢？曾经与男性同事并肩工作的女性，角色一转，被迫成了只能靠男性扶养的家庭主妇，将之前攒下的社会履历全部抛却，只以“丈夫的妻子”这个身份开启人生的下半场。应该说，这不是曾经在工作中表现得和男性同样出色的女性所特有的问题，而是所有女性共同的问题，即便夫妇间感情和睦，女性抛弃自身的社会性角色，成为丈夫的被扶养者，都会令她们深感不安。这样一想，笔者顿时觉得深田女士也怪可怜的。

母亲死后还有哥哥的未来令她担忧

“哥哥是个话很少的闷脾气，感觉就是那种不愿意怎么和人沟通的人。”

深田女士说起了她目前最为担忧的哥哥的情况。

她哥哥今年 43 岁，现在和 70 多岁的母亲还有已逾 90 岁的祖母 3 个人一起生活。父亲已经于 25 年前因癌症去世。深田女士的担忧也许很快就会变成现实吧，就是母亲去世以后哥哥的生活问题。她家里是农户，由于劳力不足，农田现在已经休耕了，哥哥在一家公司从事机修工作。

当听说深田女士的哥哥现在是一名正式员工时，笔者一时有点转不过弯来。一般情况下，隐隐为“兄弟姐妹危机”而感到不安的人，像前面提到的中野先生那样，令当事人不安的兄弟姐妹从事的都是非正规就业的工作，或者是无业者。深田女士的哥哥身为企业正式员工，并且还有房产，是什么让深田女士感觉不安呢？

“哥哥现在工作很正常，身体也很健康，不过，我母亲要是去世了，谁来照料我哥哥呢？我是在为这事担忧。”

听到这里，总算明白了深田女士担忧的缘由。原来，深田女士在担心万一高龄的母亲去世后，将来她会不会背上照料哥哥的沉重负担。

“用一句话概括形容我哥哥，就像绘画作品中画的那样，农家的长子。”

说到农家的长子时，不知道深田女士是否有将来继承家业的意识，总之，哥哥自生下来这辈子还没有离开过老家，也没有离开过父母。大概因为是男孩，在深田女士的老家，“男孩是不干家务的”意识根深蒂固，洗洗涮涮和扫除等家务活一直到现在仍是母亲在做，加上祖父和父亲都去世早的缘故，哥哥从小就被母亲溺爱惯了，作为唯一的男丁简直像家里一个宝似的。哥哥每天吃饭都由母亲掌灶，上班吃的便当也是母亲大清早做好了给带去。虽说哥哥为人踏实本分，但因为话语很少，和邻居们几乎没什么交流，至少最近这20年来，哥哥的生活方式没有一点儿变化。

“感觉岁数虽然长大了，但还是个高中生。”深田女士这样形容哥哥。

3年前，哥哥身上发生了一件事：结婚，让他从此情况大变。迄今为止从未让人感觉到他也会谈恋爱，可是竟突如其来地写信告诉深田女士说，他要结婚了，对方是经由相亲而认识的。听到哥哥结婚的消息，亲朋好友纷纷打电话来向深田女士表示祝贺。

“听说他要结婚，亲戚们全都‘哇——’，大吃一惊的感觉，他们悄悄聚在一起，兴高采烈地为他庆贺了一番。”

谁也没有想到，就在举行订婚仪式前数日，发生了突发情况：女方不知怎么的忽然改变主意，结婚之事告吹了，而此时结婚的日期早已商定，庆典会场也都预定了，哥哥还用自己攒下的钱为女方买了订婚戒指，准备在订婚仪式上进行交换呢。哥哥本以为从此两人白头偕老、相爱一生了，没承想却在他最幸福的时候，来了这么狠狠的当头一棒。

“这件事情对他的打击非常大，虽然我和他没有直接聊过，但是照他的性格，毕竟也已经这把年纪了，我想他以后再也不会考虑结婚了。”

深田女士似乎非常能体会哥哥的心情。

自那以后，深田女士对哥哥今后的生活充满了不安和担忧。以前，她想到哥哥脑海里浮起的印象仅止于“恋家、没什么远大志向”，但只要哥哥打定主意不结婚，作为唯一的妹妹，看来今后哥哥的大事小情都不得不要由自己来负担了。

“他老是像个小孩子似的，缺少点责任心，如果结婚，还能激发他的责任心，有可能会改掉以前的做派。要是哥哥那次顺利结婚的话，我现在就用不着为他今后的生活而这样不安了。”

未婚，独身。这似乎确实是感到不安的主要因素。不过，深田女士的哥哥可是企业的正式员工，工作态度据说也一贯很认真，至少迄今为止还没有任何理由觉得他可能会被企业裁掉。笔者不禁发问，这样的哥哥，一旦母亲去世，究竟可能遭遇什么样的危机呢？

“我觉得我哥哥缺乏独立能力，没办法过上一个正常人的生活。首先，家里弄得像垃圾房，还有农田他也不会拾掇，任它荒废在那里，浴室里也到处是锈迹，整天就知道买便利店的便当来吃，还有，我担心他万一出点什么事的时候，他会发 SOS 求救信号吗……到底担忧他什么？反正就是隐隐约约的什么事情都让我感觉不安。”

这些就是深田女士对哥哥所感到的不安，其中共同之处其实在于，对哥哥生活自理能力的不安。听了深田女士的一席话，感觉仿佛母亲在为有生以来头一次远闯东京、即将开始独自生活的孩子而担忧似的，话里话外都能让人感受到这种母亲对孩子的关切之情。

为了摸清深田女士的真意，笔者明知失礼，仍冒昧地劝说道：

“那是您哥哥自己的事情，和深田女士没有任何关系嘛，您就不用操这份心了吧。”

深田女士深吸了一口气，随后克制着感情开口道：

“可是我做不到，毕竟是家人，是我哥哥呀。假如能轻易舍弃兄弟姐妹的情分倒好了……除了我，没人能帮到他，所以才让我感到为难。但是，我又不能不帮，我从来没有想过要丢下他不管。”

对哥哥的感激之情永远难忘

为哥哥的将来而深感担忧的深田女士，之所以坚决不愿丢下哥哥不管，其实是有理由的，因为哥哥对她有大恩大德。

25年前，深田女士上高中一年级的时候，父亲因患癌症去世了，当时哥哥也才高中三年级。现在深田女士回忆起来，自那以后，哥哥似乎便下定决心，要像父亲那样成为家里的顶梁柱。哥哥当时正为今后的选择而踌躇，是考大学，还是留在老家挣钱养家，撑起这个家。父亲生前尽管积蓄不算多，但还是留下了一笔钱给孩子们读大学。深田女士知道哥哥内心希望继续升学，但最终哥哥没有读大学，而是选择了留在老家就业。

说到这里，刚才还声音平静、语速轻缓的深田女士忽然语无伦次起来，之前一直拼命克制的感情终于再也抑制不住了，脸颊上流下两行大滴的泪珠。深田女士一边擦拭眼泪一边直视着笔者，眼神里透露出“请您听我把话说完”的恳求。

“他说：‘我就算了，但是我一定要想尽办法让妹妹上大学！’父亲留下的积蓄，不够我们兄妹两个读大学的，所以哥哥硬生生掐灭了自己的大学梦想，把上大学的机会让给了我，我猜想哥哥当时一定知道我认定了那所学校非上不可，后来我终于读了大学，才有机会做我想做的事情。所以，这份恩情我是永远也不会忘记的。”

在父母杀死亲生骨肉的新闻屡见不鲜的今天，竟然还有如此感人的兄妹之情。笔者不禁大为感动，尽管努力做出一副平静的模样，但内心却升腾起一股暖流。

深田女士现年 41 岁，哥哥也刚刚 43 岁。因此，她所担忧的实际上是 10 年，甚至 15 年后的事。从年逾 70 的母亲以及已逾 90 岁的祖母仍健健康康地活着来看，深田女士担忧的事情似乎可能性太低了。何况，时间还很充裕，想要打消深田女士的担忧，从现在起说服哥哥学会独立自理还来得及。不妨朝这个方向努一把力，探索一下有什么好的办法。

“道理是懂的，问题是家人之间几乎没什么沟通……要说解决办法，现在他和我都已经年过 40 了，再要重新建立起一种新的兄妹之间的关系，什么事情都互商互量的，似乎也很难做到啊。”

到底怎么做才好？深田女士对未来似乎已经看得见摸得着的危机深感不安。看得出，兄妹之间是互相关心和信赖的，既然如此，难道就没有降低甚或消除不安的方法手段了吗？

“即使开口，我对自己哥哥也说不出‘希望你能自立’之类的话，那样子好像太居高临下了。加上，毕竟不是眼前的问题，所以就这么一直拖了下来。”

考上大学的同时，离开了母亲、祖母和哥哥生活的老家，自那以后，深田女士和哥哥之间的联系并不多。兄妹二人似乎算不上关系特别亲密。事实上，目前两人之间一年也就仅有数次联络，除了重要事情，深田女士不会给哥哥打电话，哥哥也不会主动打电话给深田女士，两人电话约好了然后在某处见个面一起吃个饭啦什么的也从未有过，深田女士一般只在每年过年和中元节回老家，才和哥哥见上一两次面。深田女士告诉笔者，离开老家这 22 年间，兄妹二人之间的关系虽说没有断绝，但是总感觉变得有点尴尬，不那么自然了。

哥哥的存在，为什么会令深田女士如此痛苦呢？节目组开始怀疑，个中一大要因会不会是深田女士对于哥哥的负罪感？

一边是，深田女士如愿考上心仪的大学，在大都市和男性一同工作、拼搏，丝毫不逊任何一个男性，然后结婚、生孩子，丈夫是个令人羡慕的国家公务员，即便称不上拥有了一段丰富多彩的人生，至少老后仍能幸福地生活在家人中间。而另一边，深田女士的哥哥至今无缘结婚，若干年后，无人陪伴，或许他只能孤零零地终老其生？也许出于这样的思虑，深田女士产生了一种负罪感。她对哥哥充满感恩之情，假如深田女士当初没有读大学，而是她哥哥读了大学，情况又会怎么样呢？没有了这份令她永远难以忘怀的感恩之情，大概也不会像现在这样时时刻刻为了哥哥而感到不安吧。

节目组带着这样的假想，继续和深田女士交谈。

对丈夫也无法倾吐

深田女士说，她内心的不安迄今没有向任何人倾吐过。

“因为自己兄弟姐妹的事情而烦恼痛苦的人，大概除了我没有其他人了吧，所以，这种不安至今没有跟任何人倾吐过。”

节目组告诉她，因为所谓的“兄弟姐妹危机”而苦恼的大有人在。听了这话，深田女士似乎稍稍舒缓了一口气。

“您丈夫知道您的这种忧虑和烦恼吗？”

对于这个问题，深田女士摇了摇头表示不知道。听上去这似乎是一对彼此信任、无所猜忌的夫妇，对自己信任的丈夫，竟然都无法倾吐这种不安。因而这个回答也令节目组感到很意外。

“我丈夫家里人关系非常亲近和睦，很幸福，简直有点让人嫉妒了。像今天的结婚庆典，完全像在外国开派对似的，来了很多亲戚，大家一起庆贺，真的太幸福了。”

深田女士说着，脸上流露出一丝落寞的表情。

深田女士的丈夫和家里亲戚之间建了一个聊天群，随时随地可以联络、交谈、开开玩笑，还可以发送照片。聊天群除了兄弟姐妹，也有其他亲戚，即使平时不常见面的亲戚仿佛也就在身边似的。丈夫将深田女士也拉入了群中，深田女士惊愕地发现，丈夫和他的兄弟姐妹及其他亲戚之间关系竟然如此亲密，与自己兄妹间的关系比起来，简直是天壤之别。

“说老实话我很受刺激。我感觉，我们兄妹之间的关系是不是有些不太正常，尽管关系不坏，但是缺少那种亲密互动，唉，要是也像我丈夫和他家里人那样子多好啊。”

深田女士知道丈夫拉自己加入聊天群并没有任何恶意，因此在群里也时不时发言，但是，有时候她会莫名地觉得伤感，倒不是“邻家的花儿特别香”，而是丈夫家的兄弟姐妹们以及他们之间的关系“走到哪里都叫人艳羡”——深田女士如此形容道。

深田女士和丈夫算得上是竹马之交，因此丈夫知道深田女士哥哥的生活状况。尽管如此，深田女士不愿意把自己对哥哥今后的生活的担忧向丈夫倾吐。

“我丈夫和他兄弟姐妹之间的关系特别亲密，让人羡慕，而我的哥哥却叫人替他感到不安，而且还无法和他坦诚地交流沟通，所以说这事要和我丈夫去倾吐实在太难了。再说，两家从小就是认识的，大家彼此都知根知底的。”

迄今为止，深田女士从未将内心对于哥哥的不安向任何人倾吐，而是独自咀嚼这份苦涩。节目组有种预感，将来，一旦哥哥的生活陷入如深田女士所担忧的那样，她也不会向丈夫求助，而是会独自来承担。

不想从事固定工作的弟弟

听完深田女士关于哥哥的一通诉说，正打算就节目录制的有关事宜进行沟通，不料，深田女士仿佛突然想到似的说道：

“哦，还有一件事：其实，还有弟弟的事情也让我感到不安……”

真是太出乎意料了，节目组原本以为深田女士只有一个哥哥，因此完全沉浸于她关于哥哥的诉说中，以至于忘记了确认一下“您兄弟姐妹一共有几人”。由于节目组冷静不足，导致疏忽了对基本事实的确认，倘若不是深田女士主动开口提起，她弟弟的事情就被忽略过去了。在此，节目组成员一同表示深刻地反省。

深田女士的弟弟现年 36 岁。由于高中时退学，因此他的最终学历仅为初中。迄今为止，她弟弟没有从事过任何正规雇用制的工作，一直在断断续续地打零工。没有稳定的工作，又至今未婚。深田女士对弟弟抱有的不安在于，将来他可能会对自己提出经济上的要求。

和哥哥相比，弟弟性格开朗，乐于与人交往，人缘很好，也很崇拜深田女士。他不像哥哥，由于自己一个人独立生活，因此日常生活完全不在话下。深田女士和弟弟一同出去喝过几次，两人的关系还是不错的，只不过，弟弟没有一份工作干得长，这成了深田女士头痛的根源。

“每次辞掉工作他都能讲出一通理由，什么人际关系不好处理啦，等等，我不止一次骂过他，说这样的话走到哪儿都不行的！”

也许是一直克制着的感情终于爆发了出来，她提高了声音，倾吐着对弟弟的不满。

“没有学历，也没有一段持久的工作经历，而且也没有拿得出手的什么特殊技能，唯一只有一样，年龄，一个劲地在往上蹿。”

对于姐姐的忠告，弟弟嘴上说“知道啦”，可每次又都是左耳进右耳出，根本没有往心里去。

“气死我了！”深田女士恨恨地想，可还是忍不住关心他疼爱他。和哥哥比起来，弟弟和深田女士更亲近，深田女士一面和弟弟保持着良好的关系，一面也期盼他痛改前非，踏踏实实地生活，在她眼里，弟弟就是个可亲可近的亲人，碰到什么事情比如搬运重物的时候，可以不加顾虑地招呼一声：“臭小子，过来帮一把！”

然而，深田与弟弟之间也产生了一条深深的沟壑。数年前，弟弟辞掉了坚持多年的工作。从母亲那里听说了这件事后，深田女士忍不住忿忿道：“又来了！”谁料母亲竟然提出，在弟弟找到新的工作之前，希望让他在深田女士家住一段时间。深田女士毕竟有家有丈夫，不可能自说自话说住到家里来就住到家里来，她试着和丈夫一商量，丈夫满口应允：“好呀。”

“我丈夫非常理解人，他很爽快地答应了：‘妻弟嘛，当然没问题。’假如我身处丈夫的立场，调换一下位置的话，我可能做不到，所以我很感谢他。”

把弟弟接进家里后，开始了4个人的共同生活。深田女士的丈夫对她弟弟关心备至，就像对待自己的亲弟弟一样。过了一段时间，弟弟找到了一份非全日制的新工作，同时搬出深田女士家，开始了一个人的独立生活。深田女士千叮咛万嘱咐，提醒弟弟不能再重蹈覆辙，然后将他送出门。然而，弟弟再次辜负了姐姐的期待，数月后，深田女士给弟弟打电话问起工作近况，弟弟轻飘飘地说了句：辞了。一问缘由，说是看不惯那个上司。这件事让深田女士自觉在丈夫面前很没面子，于是对总也改不掉坏毛病的弟弟大为光火。

“你真是要把我气死了！看不惯上司？这算什么理由？你叫我跟你姐夫怎么解释……”

丈夫假装毫不介意，但是深田女士非常介意弟弟给自家丢了面子，她觉得再这样下去可不行，于是狠狠心，发誓跟弟弟不再联络。她的举动近乎绝交，将弟弟的联络方式从手机里删除，之后数年一次电话都没有打过，也没有见面，弟弟如今在哪里、在做什么，深田女士一概不知。

“肯定还是老样子，游手好闲的不好好工作。”

照这样下去的话，等到年纪一把的时候弟弟怎么办？如果一直从事非正规雇用形式的工作，随着年龄增长，势必要被年轻力壮的人抢去饭碗，而且由于长期缺乏有规律的生活，健康也令人担忧，身体容易垮掉。这些都是极其现实的问题，深田女士开始担忧起将来的危机。

“等到钱没了，生活遇到了困难，他一定会向我提出金钱上的要求，这是我最担心的。像他这种情况，享受低收入人群生活保障的概率很大，所以即使他提出要求，我也绝对不想资助他。”

深田女士语气坚决地说出这番话来，话语中想必饱含着对弟弟一而再再而三地辜负了自己对他的期待而带来的愤怒，同时，这话似乎也是深田女士给自己的强烈暗示。为了促使自己下定最大的决心，深田女士需要这样一个决断。由于父亲去世早，弟弟和哥哥一样极受祖母溺爱，深田女士还知道，至今母亲还会时不时地偷偷给弟弟寄钱，但是这样做只会愈加助长弟弟的依赖心理，所以深田女士告诉自己，必须狠下心来。

深田女士如此坚决地拒绝资助弟弟，还有一个原因，那就是她自己如今失去了收入来源。虽说从孩子上小学的时候起，深田女士开始外出做一些计时零工，但家里的主要经济来源仍得仰仗公务员丈夫的工资收入。

“我现在自己也要靠丈夫的钱来养活，所以没有这个能力呀。从我丈夫的角度看，我弟弟和他不是一家人，没有义务为他出钱，假如我现在自己也工作也挣钱的话，那情况肯定就不一样了。”

对于断言绝对不想资助弟弟的深田女士，节目组假设了各种情形来让她回答：“假如他成了网吧难民[①]怎么办？”“假如他去申请低收入人群生活保障的话怎么办？”“假如堕落犯罪了……”面对种种逼问，深田女士始终只有一个回答：“NO!”强硬的态度似乎透露出她意志已决，但是节目组注意到，当假设情形一个比一个严重时，她回答的速度也越来越迟缓。

看来在深田女士的话语背后，隐藏了她的真意。为了探出真意，节目组继续穷追猛打地问道：

“万一您弟弟走投无路自杀，深田女士不会后悔吗？”

沉默片刻之后，深田女士终于说道：“等到了真正走投无路的时候再来找我，只要没到那一步，就别来找我！虽说姐弟姐弟的，总归不免感情上会舍不得，但是，但凡自己有一点点能力，就不应该想当然地觉得别人一定得帮你。”

“但是这个分寸很难处理好吧？”

“是啊。说真的，兄弟姐妹这种关系真叫人头痛呢，假如不是兄弟姐妹的话，早就该斩断就斩断了。”

---

① 网吧难民：日本社会对丧失经济能力、无家可归，只得泡在网吧、漫画吧等公共场所临时栖身的（年轻的）失业者或无业者的俗称。

假如不是兄弟姐妹的话早就斩断了——这句话终于吐露了深田女士的真意。哪怕你想斩断，但是亲情的纽带是斩不断的，内心深处必定紧密相连。哥哥也好，弟弟也罢，尽管感觉到某种危机并为此担忧，但还是会在自己力所能及的范围内分担对方的忧难，然而，若一味强调经济上的资助，就会让人犯难。通过采访，节目组深深感受到了这种无奈和由此带来的烦躁不安。

最后，节目组希望在此将深陷于“兄弟姐妹危机”苦恼之中的深田女士的声音传达出来，为了真实地传达，以下文字一律依照深田女士的口语原话，但愿让所有人能听到她迄今不为外人知悉的真实的心声：

“我觉得，兄弟姐妹这个东西真的叫人很为难，假如能够轻易舍弃情分倒好了，可是真要舍弃又是不舍得的。真叫人头痛。真的，我说的将来那一天或许会到来，当然将来不一定真的这么悲观，说不定出乎意料我哥哥哪一天突然变得自立能力特别强也难说，但是，我现在所担心的那一天要是真的来了，那绝对会让人头痛死的。

“毕竟我还有我自己的家庭和自己的生活……不好意思，对我来说感觉他好像已经变成了他人，事实上就不是一户人家呀，别人家的事情，凭什么我要管那么多呢？真的头痛死了。毕竟，他是我哥哥，现在在老家和母亲一起生活着，我实在是没有勇气抛弃他不管，除了我，没人能帮他了呀，我不管他谁管他呢？

“弟弟真的是抓住了我的弱点。我也是个人呀，他是我弟弟，我对他怎么可能不管不问呢。不过，他也不能理所当然的这个样子，万一这样的事情真的发生，我会同情他、会为他难过，但是，我自己也不是钱多到没地方花，他做人总得有条底线吧？”

第四章　“我恨这个毫不作为的社会”

——中年危机：社会反响篇

1 寄往节目组的“40岁上下”世代的心声

2017年12月及2018年6月，“Close-up现代+”节目分两次播出了名为《中年危机观察：失意的一代》的专题片，在观众中引起了巨大反响。在推特等社交网站上，有此相同切身体会的观众纷纷投稿，发表观后感，认为这是亟待解决的一个严肃的社会课题。

节目组收到了来自观众的许许多多感想和建议。在此，不妨披露若干身为“40岁上下”世代的观众寄来的留言。节目组认为，这一世代所面临的问题，远比一般人所想象的来得更为深刻和多样化。

“我没有孩子，因此在我老后会无人照料。自己不知道什么时候会丢掉工作，以至现在根本不敢乱花钱。”（45岁，女性）

“父母亲去世后，我对结婚和生孩子彻底死心了，因为在生育以及将来抚养的过程中，没有人可以求助，现在每天维持自己的生活已经够呛了，哪儿有闲心去考虑孩子什么的呀。”（40多岁，女性）

“我是一家公司的正式员工，不过上面的位置已经挤满，升职、晋级什么的就根本别指望了。公司很长时间都没有录用过新人，最近却突然招进来很多20来岁的年轻人，倒霉的肯定又是我们‘40岁上下’世代这一批人。”（42岁，女性）

“求职时没有选择自己所喜欢的行业，而是‘只要录用就行’，结果，工作几年得了抑郁症，不得不退职。现在，每月收入只有 10 万日元，勉强够填饱肚子。”（43 岁，女性）

“因为是短期雇用，所以每当开始一份新的工作，就得时刻做好被解雇的准备，同时还要拼命寻找下一份工作，这样脚踏两条船也是迫不得已。”（42 岁，女性）

“20 年过去了，整个社会竟然一点儿对策都没有，所以我恨这个社会。”（42 岁，女性）

“未婚的 35 岁女性。公司既没有加薪，也没有奖金，退职金肯定也没有，想到这些，不由得为将来的生活而担忧。假如有机会可以将人生重置的话，请你们千万告诉我！”

“公司没有员工教育培训和转为正式员工的制度，再怎么干，也还是看不到未来，而每次跳槽，工作经历就会自动被归零。”（38 岁，女性）

“听到别人谈起结婚、生育、教育孩子的话题就痛苦得不得了，无论做什么事情，脑子里总是在想自己为什么结不了婚，为什么还没有孩子……实在是受不了。”（42 岁，女性）

“20 来岁的时候，整个社会风气是‘好好工作，积累经验和工作经历，出人头地’，那时也没有那么多什么高龄结婚、高龄生育对女性健康不利的知识普及，不像现在。”（38 岁，女性）

“有时间的话，我会去参加‘婚活’。为什么参加？因为现在这个世道不结婚一个人过太艰难了呀，所以我还是相信以前人家说的，‘到了适当年龄就要像普通人一样结婚’。”（38 岁，女性）

“非常担心父母亲的生活，可是靠我自己这点收入究竟能帮到他们多少呢？这让我感觉很不安。”（38 岁，女性）

“希望社会认可不结婚的人生，认可不生孩子的人生。”（38 岁，女性）

“现在总算勉强保住目前这点收入，但将来怎么样很让人不安。想要工资再往上涨点，就得升职，可是冰河期之前的世代占着的位子不空出来，升职是根本不可能的。”（39 岁，男性）

“自己独自生存已经是拼了最大的努力，再要养育孩子什么的，我是一点儿都没有自信。”（45 岁，女性）

“我们这代人好像活在一个夹缝中，干什么事情都受约束，单单靠自我努力是完全无法应付的。这是社会结构性的问题，所以期待政府给予我们政策补助。”（39 岁，男性）

“‘40 岁上下’世代好像总是很受伤，就像抽中了一个人生下下签一样。”（42 岁，女性）

“20 多岁的时候光知道工作工作，等到 30 多岁快 40 岁了才想到结婚、生孩子、贷款买房，所有这一切都慢了一拍，现在想想真后悔。”（40 岁，女性）

“现在的学生真幸运，我们这代人因为‘经济不景气’而被社会抛弃了。我们那时候，没有实习机会什么的，互联网也没这么发达，完全没有任何可以借鉴可以依赖的东西。”（43 岁，女性）

“作为第二次婴儿潮时出生的世代，我们拼了命去竞争竞争，可是却没有从社会得到一点点回报，享受到的只有劳苦！我们又不是自己愿意才赶在婴儿潮时期出生的，经济不景气不是我们的过错啊！”（43 岁，女性）

“因为属于非正规就业，所以很少有研修以及教育培训的机会，连职场先辈都说，‘早几年的话，培训啦研修啦机会多了去了，你们也怪倒霉的’。”（43 岁，女性）

“我们这代人受的是竞争竞争的教育，踏上社会后，对我们的要求也是上进上进，无论什么时候，总有一个‘自我责任’的紧箍咒套在我们头上。”（42岁，女性）

“我很想说一句：与其同情，不如给我一份稳定的工作。”（42岁，女性）

“在那样激烈的竞争中好歹成功就业了，可是，谁让我是婴儿潮这代人啊，莫名其妙地就成了裁员对象。”（40岁，女性）

“不要说机会公平，我希望实行结果公平。我们这一世代受到经济不景气的影响，这是不公平的。”（38岁，男性）

“小叔子辞掉了工作成天宅在家里，我自己还有孩子，将来要花钱的地方多着呢，所以根本没有余力资助他。”（36岁，女性）

“父亲独身生活，况且已经步入了高龄，目前暂时独立生活是没问题，但我唯一的弟弟，现在无业，所以将来怎么样还是让人担忧啊。”（42岁，女性）

“我们‘40岁上下’这一代人的退职金是不是太少了？老了以后怎么办，想想就觉得不安。”（46岁，女性）

2　无法忘怀的信："实在是难为情，可我真的需要帮助……"

节目播出之后不久，节目组很快就收到一封观众来信。信封上贴着 82 日元的邮票，邮票图案是可爱的小熊和兔子，浅褐色的信封上只写着"NHK'Close-up 现代 +'节目"收转《中年危机观察：失意的一代》专题片制作组 敬启"字样，而没有收件人的姓名。信封内夹着一页电脑打印出来的 A4 大小的信。

NHK"Close-up 现代 +"节目工作人员启：

看了贵台"Close-up 现代 +"节目 12 月 14 日播出的《中年危机观察：失意的一代》专题片，感觉就好像是在讲述我的故事，令我坐也不是立也不是，于是匆匆草就此信，算是我的观后感。我是一名生活在外地、在企业从事行政事务类工作的 40 多岁的女性。大学毕业后，没有马上找到企业正式员工的工作，一直到数年前才总算如愿成为一名正式员工，然而待遇却很差，年收入不过区区 200 多万日元，算是一个穷忙族吧。目前住在老家和父母一起生活，靠父母的养老金贴补我的生活。虽说名义上是正式员工，但是眼看着工作量越来越减少，加之其他种种问题，所以在考虑要不要跳槽重新找一份工作，可是想到自己已到这个年龄，再要想找一份正式员工的工作恐怕非常困难，所以始终下不了决心。在遭到公司辞退之前，我虽然还能在公司硬着头皮待下去，但总希望能趁早另找工作，年轻一岁是一岁啊。想到一旦父母不在了，今后的日子实在令人恐惧，简直不敢去想。除了绝望，我真不知道我到底该怎么办。

缺乏自我肯定感。我就是这样的人。结不了婚，找不到稳定的高收入的工作，靠自己独立生活也没有能力，每一天都活在自觉对不起父母的愧疚中。对家人我无法倾吐，只能常常自己一个人偷偷哭泣。随着年岁增长，恐惧和悲伤也越来越强烈。所幸这些年和父母一起生活，总算得以存了一点钱，我忍不住在想，自己应该趁父母还健在的时候，将辛苦攒下来的钱统统交给父母，而我自己，最好生场大病，早点离开这个世界，算是我对父母尽的最后一点孝心吧，这样就皆大欢喜了。

看了节目，发现原来这世上还有类似我这样境况的人，这多少让我稍稍松了口气，不知道这些和我相似的女性现在在哪里？

我周围没有和我同龄的人，也没有人和我持同样的想法。同龄的好友都结了婚、生了孩子，几乎全都退职在家了。看到她们都找到了称心如意又挣得动钱的丈夫，结婚、生子，成了专职主妇，真是好羡慕她们。对于女性而言，结婚是人生最大的安全网，可以保障她们无忧无虑地生活下去，而我在最适婚的年龄却对此毫无意识。现在回想起来，我为自己没有趁年轻的时候结婚而深感懊悔。

和我有相同境况的女性朋友，我们今后怎么办？像上面所说，现在我周围没有人能与我感同身受，让我备感孤独。自己努力了这么多年，为什么至今连自立都做不到呢？趁现在父母还健在，我想赶快让自己找到一条活路。说起来实在是难为情，可我真的需要帮助。

读完这封信，节目组成员只感觉阵阵揪心。她是多么孤独和绝望啊！而将自己的凄惨境况向陌生人倾吐出来，这需要多么大的勇气。

“实在是难为情，可我真的需要帮助……”

面对这撕心裂肺般的呐喊，必须给予回应。如果要拯救那些正直面人生重大危机的“40 岁上下”世代，究竟有没有解决问题的途径抑或头绪？体会到了当事人的痛切感受，怀着哪怕为他们减轻一点点痛苦也好的初衷，节目组继续深入采访，试图发现一些对其有所助益的解困之策。

第五章　希望不是给予的，而是创造出来的

——中年危机：对策/援助篇

1 “40 岁上下”世代一辈子背负了贫困的宿命

倾听了众多当事人的心声和有识之士的建议，同时在对各种调查统计的结果进行分析后，节目组渐渐萌生出一个假想。直面这个假想，需要不小的勇气，甚至想想都会令人感到恐怖，或许正因为这样，此前社会对此一直采取了不敢面对的逃避态度，然而时至今日事态严重至此，已经容不得我们再逃避了。

“……假如对‘40 岁上下’世代危机放任不管的话，将来会怎么样?”

即使成为正式员工，也不可能像上一代人那样收入丰厚，至于非正规就业者的情形就更加糟糕了，很多人甚至积蓄全无。结不了婚、一辈子找不到伴侣相伴人生的人也越来越多。有的人则可能因为高龄的父母亡故，一夜之间堕落为赤贫者。按理，40 岁上下正是事业和人生的最盛期，然而现在却背负了一大堆问题，照此下去，等待他们的未来会是一幅什么样的图景呢?

节目组向专家提出了这个问题。接受采访的是社会福祉咨询师藤田孝典先生，他是非营利组织（NPO）、特定非营利机构“HOOTOPLUS”的代表理事，长年为年龄跨度从十几岁一直到八十几岁的生活贫困者提供咨询服务。藤田先生无论在何时何地，永远是一副柔声柔气、从不高声说话的样子，在他舒缓的语气中为我们描绘的“40 岁上下”世代的未来图景却更加具有震撼力。

“现在‘40 岁上下’的这一人群，可以说是‘一辈子背负了贫穷和生活困苦的宿命’的人。他们当中有不少人现在还是在依靠父母的接济生活，当家庭情况发生变化，比如说，当他们的父母面临就医或者需要护理的时候，由于他们本身大多处于低收入状态，或者很多是因为中途退职离职，将来肯定养老金也拿不到多少，所以完全可以想象，等到他们高龄的时候，必将陷入所谓的‘下流老人①’那种贫困境地。”

“40 岁上下”世代一辈子背负了贫困的宿命……尽管专家的警语直率得令人绝望，然而节目组成员们也唯有默默地频频点头。

藤田先生对于“40 岁上下”世代的现状，抱有极其强烈的危机感。他曾走进许多高龄者的家庭，目睹了其 30 多岁 40 来岁的子女与其共同生活的场景，他们或是非正规就业者，或是派遣员工，或者干脆无业在家，由于缺乏经济能力无法离家独立生活，他们中有不少人因此患了精神疾病，并且这绝非少数个案，有人时常自问自答，觉得“对这个社会来说，我就是个多余的人”“将来会怎么样呀”，甚至还有人自杀未遂。

上一代人普遍能做到的事情，“40 岁上下”世代却为自己无论如何做不到而苦恼。来藤田先生这里寻求咨询帮助的人大多处境糟糕，令他感觉到，仿佛这已成为一种社会病理现象。

---

① 下流老人：是日本 2015 年左右诞生的一个流行语，指经济拮据、生活贫困的高龄者，一般特指生活质量比低收入人群生活保障享受者更低的人群。

2 第三次婴儿潮没有出现

藤田先生将这种严重危机的背景，归结为“在如今的‘40 岁上下’世代身上没有出现大规模婴儿潮”。这是日本社会一个沉重的现实。

从不同世代的人口数量来看，这一点十分明显（见第 90 页的“人口年龄金字塔”图示）。在这个金字塔中，上面是上一代人也就是“40 岁上下”世代的父母一代，中间是“40 岁上下”世代，下面是“40 岁上下”世代的子女一代，显而易见，人口呈大幅度减少的走势。

“‘40 岁上下’世代普遍子女数量少，换句话说，在他们这代人身上，没有出现婴儿潮。我个人认为，这是一个十分深刻十分严峻的事态，可能从根本上动摇今后的养老保险、医疗以及老后护理等一整套社会保障体系。实际上，正是今天的年轻人，在支付明天的养老金以及税金等，这才能支撑和保障高龄者的正常生活，现在支付这笔资金源的人数在不断减少，这已经是个十分明确的事实了。由于没有出现第三次婴儿潮，所以社会保障体系面临窘迫的状况是很难得到改善的。”

2008 年，日本全国人口达到 1.280 8 亿人的峰值，目前还处在人口降低的初期，今后势必还会急剧减少。根据估算，假如不采取措施，2053 年日本人口将跌破 1 亿，而到 2110 年更将减少到只有 5 300 万人。这种被专家称为“棺桶形”的人口数量结构，不仅意味着日本的国家体量日益缩小，更意味着支撑起未来老后社会的人群，他们的负担将不断增加，将来的社会将苦不堪言。

3 摈弃“努力工作的人才能成为正式员工”的偏见

藤田先生强调指出，处在社会结构发生剧烈变化的时代，彻底改变以前的种种既有观念和意识是非常必要的。

“像‘只有努力工作的人才能成为正式员工，不努力工作，就只能非正规就业’‘只要再努力一把，就能摆脱眼前这种窘境了’等，这种唯意志论或唯精神论甚嚣尘上。对持这种观念的人我想说一句，希望你们赶快认识到，正是这种老旧观念才造成了今天这种结构性的社会问题。某种程度上讲，每个人踏上社会、进入职场都是付出努力的，不是说你付出了几分努力的问题。每个时期有每个时期的社会经济状况和雇用条件，环境前提不同，受到的负面影响也完全不同。他们那个世代，正巧碰上持续 10 年 20 年的通货紧缩，所以没人愿意生孩子了，这样一来，也就失去了支撑日本经济的栋梁。”

藤田先生设想，今后，仍有可能不时出现经济低迷、通货紧缩，甚至再次发生全球性的经济危机，到那时，为了不让其所产生的巨大的负面影响集中落在特定的某个世代身上，有必要未雨绸缪制定将这种负担进行有效分散和舒缓的对策。

4 未加入养老保险计划的冰河期世代将成为“无养老金后备军”？

长期以来，未加入公共养老保险计划的人群一直担心自己老后会陷入贫困。按照现行的公共养老保险制度，若缴付养老保险不足10年，老后将无法享受领取养老金，即成为“无养老金”一族。

就业冰河期世代进入中年，因此眼看即将面临缴付养老保险最低不能低于10年的期限问题。当然，公共养老保险制度本身也存在着诸如缴纳比例低之类的问题，社会各方对此有着各种各样的意见，这是事实，不过，就业冰河期世代中没有加入公共养老保险计划的人群，堪称“无养老金后备军”。他们未缴付的理由，占比最高的是“经济原因”，比动辄成为公众议论话题的“对公共养老保险制度缺少信任感”还要高。由此看来，就业冰河期世代不仅在就业期间收入相对较低，并且由于这个原因还会影响到其今后的老后生活，使其很可能享受不到应有的社会保障。

5 “受助力”与“防贫”

藤田先生指出，正如“一辈子背负了贫困的宿命”这句话所集中表现的那样，假如按照目前的情形下去，15 年或 20 年后，“40 岁上下”世代迎来 60 岁至 65 岁，到那时候，全社会“下流老人”所占的比例会很高，犯罪和自杀事件频发，从而成为一系列社会不安定因素的诱因。他认为，今后 10 年，社会为此在多大程度上做好防范准备将成为避免这种恶劣局面的关键。

那么，从个人层面和社会层面来看，各自可以采取哪些对策措施呢？首先，就个人而言，要告诉“40 岁上下”世代一个新词，叫“受助力”，即不是去帮助别人的能力，而是指接受别人帮助的能力。这个词还是好理解的。在节目组接触和采访的中年人群中，许多人生活贫困、不能自立，其中相当数量的人出于“是我自己不好”“难为情”“实在不好意思”等理由，而不敢大声地对别人说出“我需要帮助”这样的话。对于这部分人，藤田先生建议：“生活陷入穷困的时候，不妨去找政府机构，假如希望享受低收入生活保障的话，应当明确地说出‘我现在生活非常困难，我想申请低收入生活保障’。”在政府机构面前，不是“商量”“咨询”，而是“申请”，这一点很重要。不要使用便章，要带上经过登记认证的正式名章，最好同时带上银行存折；租房居住的场合，要将明确写有房屋租金的租房合同一并带上，这样便于对方一目了然地知道你的生活困难程度。

从社会这方面来说，又需要健全哪些机制呢？对于节目组的这个提问，藤田先生认为，重要的不是“发现穷困者一律给予援助”，不是“救贫”，而是“在沦落到赤贫之前及早给予援助”，这种“防贫”的机制尤为重要。

“现在的日本，只要你没有沦落到彻底贫穷的状态就无法享受到生活援助，但其实，在完全沦落到这一步之前，有很多人急切地期盼着援助啊。贫困了才援助，不仅需要更高的成本，而且往往需要更多的人手，实行起来更加困难。等到人被冲到河的下游才出手相救——似乎日本总是给人一种这样的印象。在欧洲或其他发达国家，是不会发生这样的情况的，会在河流上游就先把人拉上岸来。不让人跌入贫困，这个方针必须非常明确。具体举例来说的话，比方可以及早将生活保障分拆开来，分期给付，医疗费的话按医疗费给付，房租的话按房租给付。另外，职业培训的资金援助啦，教育费用实行免费啦，而一旦需要老后护理的时候，由于到那时养老保险不够，因而可以改为直接给予治疗或护理等‘实物’，代替保险金给付。假如没有这样的援助机制，照现在的情形继续下去，势必产生大量的贫困人群。”

6　国家层面的问题意识究竟如何？

对于“40 岁上下”世代所面临的种种问题，国家层面究竟是如何应对的呢？节目组向厚生劳动省提出采访申请，得到的答复是：“对于冰河期世代目前没有考虑特殊措施。”好在，该省负责年轻劳动者职业技能提高的伊藤正史参事官接受了节目组的采访。

伊藤参事官首先强调，“政府以及厚生劳动省对于‘就业冰河期’这个词并没有做出过严格的定义”，在这个前提之下，他也明确指出，政府对于 40 岁上下（也即中年）的人群所面临的种种问题，其实已经关注到了。

“关于就业冰河期世代现在处在不稳定的就业状态，这一点是毫无疑问的，他们从学校毕业时的雇用环境是形成这种状态的重要因素，对此我们是有清楚的认识的。这一人群在毕业求职的时候，或者在之后的求职过程中，逐渐丧失了自信，并且这个群体人数庞大。对此，我们已经将其作为今后的课题之一，正在研究之中。”

迄今为止，在国家层面已经设立有“毕业新生后援 Hello－Work”“青年 Hello－Work”等专门的窗口，进行就业援助。然而，这些措施似乎更多是面向年轻人世代的，但愿今后还会出台若干专门针对“40 岁上下”世代的雇用促进对策。

“关于就业冰河期世代，从年龄上讲他们已经到了一定的年龄，不过其中有不少人在此之前并没有多少正式的从业经验，因此，可能会考虑将原先主要面向年轻人的雇用促进对策的部分措施，同样引入进来，与此同时，考虑到这部分人群现在的状况，我想，有必要推出更加集中、更加周到的就业援助措施。要解决冰河期世代所面临的问题，仅仅采用单一的做法肯定是无法解决的，我认为，有必要运用多角度、综合性的措施，同时针对本人、针对企业展开援助和促进，才能从根本上逐渐加以解决。”

(1) 最新展开的“40 岁上下”世代援助计划

国家层面针对“40 岁上下”世代的援助计划已经启动。其中之一，就是各个地方设立的“就业援助窗口”。

这些援助窗口从 2006 年起开始设立，目的是针对没有从事任何求职活动的“尼特族”“家里蹲族”等年轻无业者，为他们就业提供咨询和援助，由国家和地方政府提供运营经费，原则上是免费的，目前已经在全国 173 个地方开设并正常运营。起初的服务对象年龄上限是 39 岁，自 2018 年 4 月起其中的 10 处援助窗口已将年龄限制上调至 44 岁。这些窗口中，为了应对那些“家里蹲族”以及求职长期无果的现象，有的还专门配属了专职的“40 岁上下”世代咨询人员。

7　10 处以 44 岁以下群体为对象的援助窗口

·石卷地区青年就业援助窗口（地址：宫城县石卷市中里 2－1－8－2，SE 大楼 2 层，联系电话：0225－90－3671）

·川口地区青年就业援助窗口（地址：埼玉县川口市川口 3－2－2，川口青年梦想大楼 3 层，联系电话：048－255－8680）

·世田谷地区青年就业援助窗口（地址：东京都世田谷区池尻 2－4－5，IDD 世田谷技工学校内 3 层，联系电话：03－5779－8222）

·名古屋地区青年就业援助窗口（地址：爱知县名古屋市北区柳原 3－6－8，名古屋市青少年交流广场 1 层，联系电话：052－700－2396）

·滋贺县地区青年就业援助窗口（地址：滋贺县草津市西涩川 1－1－14，行冈第一大楼 4 层“近江青年未来中心”内，联系电话：077－563－0396）

·大阪府地区青年就业援助窗口（地址：大阪府大阪市中央区北滨东 3－14，大阪本馆 2 层“OSAKA 职业场”内，联系电话：06－4794－9200）

·神户地区青年就业援助窗口（地址：兵库县神户市中央区云井大街 5－1－2，神户市青少年会馆内，联系电话：078－232－1530）

·岛根县地区青年就业援助窗口（地址：岛根县松江市东津田町云井大街1741－3，岛根活力广场1层，联系电话：0852－33－7710）

·爱媛县地区青年就业援助窗口（地址：爱媛县松山市湊町5－1－1，高岛屋矶铁南馆3层，联系电话：089－948－2832）

·福冈地区青年就业援助窗口（地址：福冈县福冈市中央区天神1－4－2，ELGALA HALL11层，联系电话：092－739－3405）

假如想搜索自家附近的就业援助窗口，可以登录以下网址参照所有就业援助窗口一览：

[地区青年就业援助窗口]

http://saposute－net. mhlw. go. jp

为了促进企业雇用中年群体，政府还推出了针对企业的援助措施。企业倘若以正规雇用形式录用过去10年间离职跳槽超过5次、目前处于失业状态、35岁以上的人员，政府将支付给该企业每人不超过60万日元的辅助金。

[特定求职者雇用开发辅助金（长期不稳定雇用者雇用开发项目）]

http://www. mhlw. go. jp/stf/seisakunitsuite/bunya/0000158169. html

(1)“东京就业塾”的做法：“40岁上下”定向就业指导

“早上好！今天也要好好努力干！”

上午9时30分。随着晨礼活力满满的口号，新的一天又开始了。

约 20 名身着职业西服的男女，大声响应着培训老师的口号，那气氛宛如写字楼内公司员工之间的互动。每个人的表情都非常严肃。

实际上，这并不是真正的职场工作场景，而是专门针对就业冰河期世代所进行的定向就业指导讲座的一个场景。

讲座名称是“东京就业塾”。自 2015 年开办，主要是为就业冰河期的中年群体入职企业成为正式员工而进行个性化的指导，主办机构是位于东京都千代田区写字楼集中区域、专门从事就业援助的“东京就业中心”。

在习惯毕业新生集中录用的日本，每当经济发展趋势向好时，企业便大量招聘和录用新人，而当经济下行时，则尽量减少招聘和录用，往往根据企业的实际经营需求和效益进行调整。由于这个原因，经济下行的时期走出校门、踏上社会的就业冰河期世代，企业需求人数大幅度减少，劳动力提供者大于劳动力需求者，从而造成大量年轻的非正规就业者，仅以东京都为例，完全失业率一路呈上升走势，2003 年一举突破了 5%。如何让这部分人转为企业正式员工一直是个令人头痛的课题。由于看不到雇用趋势回暖的征兆，东京都地方政府在政府预算中挤出了一部分就业援助预算，设立了一站式的雇用促进中心，这就是“东京就业中心”。

设立之初，东京就业中心的就业冰河期对策主要面向 20 多岁的年轻人，但时过境迁，主要的援助对象渐渐转为 30 多岁、现在已是 40 多岁的人群，援助内容也更加广泛，更加适合年龄范围越来越宽泛的人群的多样化需求。

节目组此次采访拍摄了“东京就业塾”的指导场景，“东京就业塾”的目的正是在于指导这一 20 年前还是初出茅庐如今已是人到中年的群体，学习并掌握与其年龄相契合的社会人所必需的职场技能。

学习期限是3个月，采用的方式是模拟正规企业的职场环境，设置各种具体的科目，从上午9时起至下午4时30分结束，5个工作日全天“出勤”，体验和熟悉企业的工作氛围。

为了让他们体验在企业工作的真实感觉，就业塾非常重视“实际经验的积累”，这也是这家机构的特色之一。接受指导的学员们就像真正在企业工作一样，会接到各种各样的课题，需要按时按要求完成，有时候还要求组成团队齐心协力共同完成，通过这样的形式，使他们成长为一名合格的企业战士。

之前，针对20来岁的年轻人的就业援助，其主要内容是学习职场规则、如何自我展示以便简历更加容易受到用人企业关注、面试时的角色扮演练习等。而现在，则在此基础上增加了电脑操作、客户拜访技能、演示演讲等内容，涉及范围更加广泛，学习期限也较之前有所延长。学员们还会扮演部下共同完成一个项目，学会在团队协作中，如何让自己的建议更加容易被上司注意到并被接受，通过项目运作，掌握一名企业正式员工必需的工作技能。

图示为东京就业塾的培训指导课程。

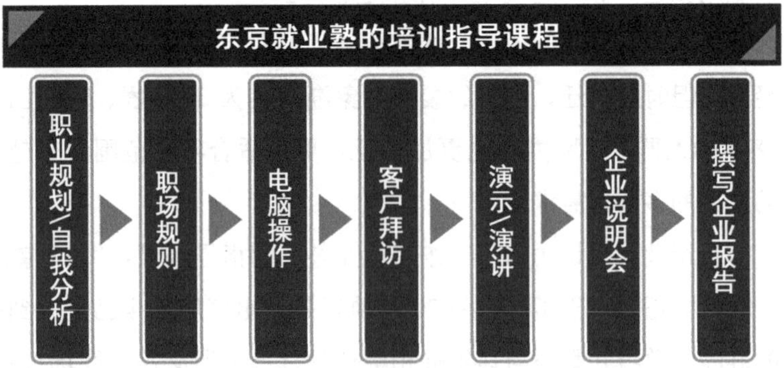

为什么对于就业冰河期世代，有必要提供如此周到和优渥的援助呢？东京就业中心负责正规雇用促进对策的永阪彰科长解释，由于“40岁上下”世代并没有受过作为一名企业人所必需的职业培训，因而想要成为企业正式员工，会遇到极大的困难。

“就业冰河期世代人群，周而复始地重复着短期的非正规雇用的工作，得不到教育培训的机会，因此，极其缺乏与他们年龄相契合的各种工作技能，这就和企业方面的要求有着巨大的差距。作为企业来讲，一般都希望录用年轻人，然后在企业内部进行培养使其成为企业所期望的有用人才，假使录用30多岁甚至40来岁的人，肯定就要求其具备即战能力。要消除这种需求差距，就要让他们尽可能去学习掌握这些技能，从而才有可能凭借一定的即战能力获得在企业工作的机会。”

为什么到了中年却从来没有从事过正规工作呢？对此，永阪先生的解释道出了他们的苦恼：“随着他们年岁增长，对他们的要求就会逐渐变成‘会做是理所当然的’，一般20多岁的人会做的事情，大家认为40来岁的人理所当然应该会做，一旦不会或者做不好，他们的自尊心就会受到伤害，久而久之，40来岁的人就变得越来越没有自信，这种状态自然不利于他们的求职。所以，对这部分人群提供援助是非常必要的。”

8　每天 5 000 日元的求职活动援助金

事实上，东京就业塾也并非所有人想接受指导就能够入塾接受指导的。要想成为其学员，必须具备两个条件：

第一，申请的时点，本人没有以企业正式员工形式就业；第二，最近一年当中，以正式员工身份就业的经历通常不超过 6 个月。换句话说，这是一家专门以长期无法成为企业正式员工的人为对象提供援助的机构。尤其值得一提的是，入塾成为学员，还能享受每天 5 000 日元的求职活动援助金（有出席率等的要求），这样一来，对于那些从事零工、以非正规就业的形式维持生计，因而白天工作无法参加就业援助指导的人，也敞开了大门。以往参加类似这样的培训，或者要辞掉工作，或者要请假，无论怎样都会使其收入减少甚至中断，收入成了接受就业指导的一道障碍。而每天能够得到 5 000 日元援助金的话，即使辞掉工作前来学习，其收入也不会中断，不会妨害日常生活。3 个月的时间，享受着援助金，就可以安下心来学习成为企业正式员工所需的各种职业技能。

此次采访，节目组接触到许多非正规就业者，在同他们的对话中我们了解到，他们当中很多人渴望成为一名企业的正式员工，但是为了维持生活，又不得不长期从事着非正规的工作，由于进行求职活动需要付出成本，导致他们中不少人之前就已经打消了从事正规劳动的念头。

9　当着企业代表的面学习演讲

连采访带拍摄，节目组前后一共 4 次前往东京就业塾叨扰。其中有一次，塾内的氛围明显充满紧张感，给节目组留下了深刻的印象。

那是 11 月下旬。这天，接受指导的学员们将当着企业代表的面尝试进行个人演讲。为了培养学员们的实际经验，就业塾的培训指导课程中还设置了与民间企业联合进行的实习内容，对就业塾的设立宗旨以及做法大为赞同、积极提供配合的企业已经达到 50 余家。在此接受指导的学员可以根据自己的兴趣，同这些企业取得预约后，前往企业拜访、参观、提问，对企业的经营内容以及所属行业的特点等进行一个直观的了解，然后将了解到的内容择要整理成一页 PPT，并当着企业代表的面尝试进行一次汇报演讲。

本次拍摄到的学员演讲会，主题是如何简单扼要地告诉听众“本企业是个什么样的企业”，包括企业的经营内容，拥有哪些颇具行业竞争力的企业优势等，要求用简洁的语言和有感染力的表达方式，将这些要素传达给他人，让第三者也能瞬间了然。

这个实习项目，由于是联合企业共同进行的，企业也需对其完成质量负责，学员碰到困难时，企业方面不得提供答案，有的学员组成小组协作完成作业，然而情况不理想，也会受到指导讲师的严厉批评。在采访中，一位长期打零工的学员表示，“第一次理解了团队作业的难度以及个人在其中的责任”。

当天，有 4 家企业的代表前来检阅学员们的学习成果。4 家企业包括运输业、IT 关联企业、和服销售以及糕点生产等，业种不一，有的是企业的人事主管到场，有的则是社长亲自前来。为了从企业的角度对这些接受就业指导的学员们进行严格判定，各位企业代表每人分发到一张评分表，要对不同项目按 5 档分别进行打分。

学员的演讲开始。企业的基本情况自然不在话下，有的甚至将拜访企业时了解到的趣闻也穿插在其中。

“本公司非常注重关心员工，社长每星期要同普通员工面对面地交谈沟通 3 次。”

举出运输公司社长经常性地与员工沟通这个事例的演讲给人留下了很深的印象。学员以此为切入口，强调基层的心声能够随时上达这一健康的企业文化。这一组学员在听企业方面介绍情况时，敏锐地捕捉到这一细节，觉得这是对外展示企业风貌的很好的材料，于是在演讲时加入了这个事例。

演讲结束后，由企业代表发表感想。演讲中穿插社长的事例果然得到了好评，不过，演讲本身还是受到了企业代表们毫不留情的批评。

“对听众的感受关注不够。”

“既然 3 个人共同演讲，应该明确一下 3 个人的侧重，才能充分发挥出应有的优势来。”

“还应当适当加上一些身体动作啦手势之类的，通过视觉进一步强化听众的兴趣。”

“演讲中缺少抑扬顿挫，不容易抓住听众的注意力。”

“对‘我公司最大的竞争优势’这一块儿传达得还不够。”

尽管企业代表们的意见多是批评性的，但完成演讲的学员们脸上的紧张表情已经彻底舒展开来，而代之以轻松舒扬的笑颜，让节目组也深受感染。

让一直找不到正规工作的“40 岁上下”世代，通过模拟正规工作的各种场景，学习和提高职业技能，同时对于“工作着的自己”产生积极评价，增强自我肯定感和自信心，这就是东京就业塾所进行的积极尝试。

学员们接受了这样的培训指导后，在社会上的认可度又如何呢？通过他们的正式工作就业率可以清楚地显示出来。在接受就业塾的培训指导后，3 个月以内顺利找到正式工作的人占接受培训指导总人数的 53%，换句话说，两人中就有一个人最终找到了梦寐以求的企业正式工作；假如算上非正规就业，则培训指导结束后 3 个月以内找到工作的人的比例更是高达 85%。这一就业率，远远高出以往的就业援助培训讲座。

东京就业塾原先计划开展为期 3 年的就业援助培训指导，预定于 2018 年 3 月结束。然而，成为企业正式员工的机会少之又少，仍然有大量的人不得不从事着非正规雇用的工作，为此，东京就业塾已决定延长培训课程，2018 年 4 月以后继续实施。

（备注：从 2018 年开始，培训课程有部分调整，培训期限缩短为 2 个月，申请条件为最近 2 年内从事正式工作的时间合计不超过 1 年。）

(1) 积累了靠打零工无法学到的宝贵经验（37 岁，男性）

结束了为期 3 个月的培训指导课程的佐藤伸吾（化名，37 岁），脸上洋溢着心旷神怡般的表情。

“有种‘终于完成了’的感觉！”

佐藤先生出生于福岛县，高中毕业后，在经过一番是去读专门学校还是马上就业的踌躇挣扎，最后选择了当一名自由职业者。当时，自由职业者被视为一种新的自由生活方式的象征，对于年轻人来说极具魅力，因而很多年轻人选择当自由职业者，在佐藤先生眼里，自由职业者也没有任何负面的色彩。他仍与父母亲生活在一起，每天外出打零工，大约 1 年之后，又继续读专门学校，然后在当地做了一名美容师，不过只干了 2 年不到，他又辞掉了美容师的工作。

“身体有排斥反应，也就是过敏，不能接触那些液体。开始觉得可能不要紧，等做了之后才知道。”

他开始了求职活动。当时的求人倍率在 1 以下，已经步入了就业冰河期，因此一直没有找到一份正式工作，而美容师这段专业性很强的工作经历，反而成了求职过程中的自我束缚。

“美容师资格证只有在美容这个行当里才管用，而我又没有其他资格证，而且缺少从业经历，人家根本就不正眼瞧我。”

佐藤先生重新做起了自由职业者，以打零工为生。此时，毕竟和高中刚毕业那阵不一样，他开始有了一种危机感，他觉得照此下去可能永远无法干上一份稳定的工作，于是一边工作一边开始攒钱，5 年下来，用积蓄的钱考取了金融及会计方面的资格证，他打算以资格证为武器，去寻找像样的稳定的正式工作……然而，他还是碰壁了。

“光有资格证、但是没有在企业里实际工作的经验还是不行，人家还是不录用。每次都会被问及：‘有几年工作经验?’我一直都是在打零工，哪里来的实际工作经验呀。好不容易考取的资格证结果一点也没有用处，真是做梦都没想到。”

佐藤先生在一家电脑卖场继续着他的自由职业者生活。这时候，转机出现了。佐藤先生的父母亲因病先后于去年和今年去世，父亲名下的大米批发商店陷入经营困境，佐藤先生不得不着手将它申请破产，一直居住的祖屋也只得出售。眼看自己已经30多岁将近40岁了，要想寻找一份稳定的正式工作，比起老家来，当然是东京更理想，于是他告别老家来到东京，找到了东京就业塾。

佐藤先生在东京就业塾学到的东西，是他之前这些年从未经历过的。虽说之前在一家电脑关联企业工作过，但公司规模很小，几乎没有什么业务是需要多人协作共同完成的。而在就业塾的培训指导课程中，不少是多人合作项目，对于人际交流以及协调应对能力等都有一定要求，非常切合企业的实际职场氛围。

“一直在打零工，所以能够应对的业务内容很有限，这就是现实。现在在这里学到了来自企业第一线的实战经验，这让我增添了自信。”

(2) 40岁时终于成了企业正式员工（40岁，女性）

小山优子女士（化名，40岁）读大学的时候，正逢整个社会处于就业冰河期，在她进行求职活动的2000年前后，求人倍率还不到1，持续多年的经济不景气，使得一个社会新人想成为企业正式员工困难重重。

小山女士毕业前就开始了求职活动，但没有被录用，身边好友一个个也都没有获得企业内定录用通知。自那以后，小山女士读书期间再也没有进行过求职活动。

“看不到自身的价值。”

由于不敢正视严酷的现实，小山女士试图逃避，她打消了成为企业正式员工的念头，转而选择非正规就业。

和父母共同生活在神奈川县横滨市的小山女士，毕业后继续从事着学生时代起就开始的手机推销工作，每月收入不菲，与公司里的正式员工不相上下，因而在她 20 多岁的那段时光，从未因为经济原因而感到不安。

观念开始发生转变是在 5 年前，其时小山女士 35 岁。和公司里的正式员工相比，她发现，这些年自己的收入几乎没有增加。

非正规就业的情况下，即使入职时间再长，其工资收入基本上都不会上涨，20 多岁的时候两者之间月收入相差不大，所以非正规就业者大多没有什么危机感。两者的差距明显显现出来是在 30 岁以后，30 多岁的正式员工中，有人已经被拔擢担任了管理职，与非正规就业者的差距就更加显著。小山女士考虑到将来的生活，决心尽早转为正式员工。

对此，节目组不由得产生一个疑问：既然考虑转为正式员工，为什么没有进行求职活动，而是急急忙忙地跑去派遣公司注册登记呢？假如真的抱有危机感的话，不是应该以正式员工为目标，通过多种渠道积极开展求职活动吗？节目组将这个疑问抛向了小山女士。

“一直以来都是非正规就业，我对成为正式员工缺乏自信。求职活动要花费时间，而且还没有成功的把握，我害怕这样子只是增加了工作的间隔时间，收入反而会更加减少。”

回顾当时的情形，小山女士颇为瞧不起那时的自己。

2017年9月末，小山女士来到东京就业塾开始接受培训指导。她在翻阅招聘类杂志的时候，发现了就业塾的广告。小山女士想，自己年届40，要想成为正式员工的话，这可是最后的机会了，于是她辞掉了保险公司的非正规工作，毅然报名参加培训。

3个月的培训期，小山女士反复和指导讲师面对面进行面试练习，在培训的间歇，她数度向就业考试发起挑战，向17家企业投寄入职申请，终于其中一家企业向她伸出了橄榄枝，小山女士如愿成为这家企业正式的销售业务员。

“用自己的语言，把自己想说的东西清清楚楚地表达出来，可不是件容易的事情啊，我原先特别怕这个。在业务实习和面试练习的过程中，逐渐建立起了自信心，自己觉得，好像比以前更加积极了。”

小山女士从2017年12月起，已经作为企业的一名正式员工开始出勤了。

(3)“社交恐惧症女子会”(仅限女性参加的社交恐惧者聚会)

就业冰河期世代，是被工作、结婚，以及“7040问题”等各种各样问题一股脑儿集中砸中的最早一代日本人。节目组在采访不断推进的过程中得知，如今，在“40岁上下”世代的女性中有一个非常受关注的组织，名为“社交恐惧症[①] UX女子会”。“家里蹲”、拒

① 社交恐惧症：原文是“ひきこもり”，最初指御宅族、“家里蹲族”，后来外延逐渐扩大，核心意思也偏重于指社交隔绝、逃避人际交往。按照日本现在约定俗成的做法，原则上拒绝上学或出勤、逃避正常的人际交往等现象（包括外出但与人没有言语接触）持续6个月以上者，即可定义为“社交恐惧”，故此处结合下文译为“社交恐惧症”。

绝上学或拒绝出勤、遭受上司性骚扰或职权骚扰、抑郁症等，凡是日常生活中为以上种种而苦恼的女性，都可以通过这个活动平台轻松、推心置腹地交流对话或者进行联谊。据说，报名参加这个女子会活动的女性络绎不绝。

关于“社交恐惧症”的问题，或许社会对此认知程度仍然较低，各地地方政府以及非营利组织等多个机构和团体，都开展有咨询和援助活动。在多种多样的援助窗口已经存在的情况下，以女性为限定对象的这个女子会，为什么仍能招募到众多的活动参加者？难道说中年女性中，因为生活艰困而陷入社交恐惧的人数之庞大，远远超出一般人的想象？在采访制作《中年危机观察：失意的一代》第一辑的2017年11月下旬，节目组从长期以来关注和倾听社交恐惧女性日常生活中种种艰辛和烦恼的相关人士那里，尝试探寻女性的生存现状。

“有社交恐惧的中年女性？很多啊，我们这里每天都会接到咨询的电话呢。”

主办“女子会”活动的林恭子女士（52岁）向节目组表示。她目前担任一般社团“社交恐惧症UX女子会”的代表理事，从2016年6月起开始创立这个组织，举办活动的范围现在已经不仅限于东京，在全国各地都曾经举办过。参加者的年龄从10多岁到60多岁，跨度相当大，其中人数最多的仍数30多岁至40来岁的女性，也就是“40岁上下”世代。一般每次活动的参加人数在20人至30人，根据会场条件，最多时也有超过80人的。截至2018年9月，已经举办了64场活动，累计参加者超过2 400人次，甚至还有过活动在东京举办，参加者特意从北海道或九州前来与会的盛况。

参加聚会活动本身障碍不小

事实上，主办者林女士自己就曾有过社交恐惧的切身经历。

读高中的时候，由于对学校的教育管理理念无法认同，渐渐发展到拒绝上学，躲在家里自闭了整整4年。后来开始外出打零工，又因从工作中看不到自己的未来，感到绝望和无助，20多岁时再次自闭在家，过了2年多“家里蹲”的日子。正因为自己有过社交恐惧的切身经历，所以林女士特别理解同样为此而苦恼的女性的心情。

“每天只要醒着，就不停地一直在自责，干吗窝在家里、干吗不出去工作？决不能再这样下去呀，脑子里净是这样的念头，几乎一秒钟都停不下来，老是在想我该怎么办？不知道。我该怎么办？不知道……这样无休无止地自我折磨，最后搞得筋疲力尽，完全找不出一点头绪。”

女子会活动时，先是由工作人员讲述自己的亲身经历，让参加者知道，自己和她们有过同样的经历和同样的苦恼，是同类人。然后，分成若干个小组，围绕一定的中心话题将各自的烦恼说出来与大家分享。至于活动的规则，一是，不要否定别人的话；二是，听到的所有话一律不得外传告诉别人。由于参加者限定在女性范围之内，使得参加者可以打消顾虑，借这个平台将内心的不满和不安尽情地倾吐出来，这便是举办女子会的目的所在。

每次活动报名参加的人不在少数，但从不采取事前预约制。因为对于患有社交恐惧症的女性来说，如果将预约作为参加前提条件的话，随着活动日期的临近，她们很可能产生“×天后得去参加活动呀”这样的心理包袱，反而会使参加变得困难。林女士希望这个活动成为大家轻松随意地前往交流的一个平台，哪怕临时起意想来参加的人也可以到场参加。原则上到场、离场悉听尊便，感到心情不佳的话随时可以中途退场。此外，活动也不强求每个人发言或发表意见，不善言语交流的人静静地在那儿听别人讲就可以。

“关键的是，请她们来到现场，这是她们需要跨出的第一步。为此，我们必须尽可能减少会令她们感到不安的因素。”

陷于社交恐惧的女性参加这个活动本身，需要鼓起勇气跨出沉重的一步。通过对话中提到的尽可能降低女性参加这个活动的门槛，节目组意识到，女性中的社交恐惧问题已经十分严重，远远超过了人们的想象。让我们继续来听听林女士的介绍。

10　表面不显性化的女性社交恐惧现象

怎么会想到创立仅限女性参加的社交恐惧症女子会这个组织的呢？自身有过社交恐惧经历的林女士解释道，其契机是，公开发布的统计数据中，患有社交恐惧症状的女性人数之少令她产生了疑问。

“像我一样陷入社交恐惧从而备感生存艰辛的女性，肯定还是大量存在的，只不过在统计数字上没有体现出来。为什么会这样呢？我后来发现，是女性超过一定年龄后，会因为成为专职主妇或者无业在家帮着父母干家务，闭门深居在家，因而被排除在了调查对象之外。”

人们对于社交恐惧症的模糊印象概而言之就是“闭门不出”。事实上，比较通行的界定是，除了为了购买生活必需品不得不出门之外，如果持续半年以上闭门深居在家，即可称为“社交恐惧症”。为了准确把握社交恐惧症的患者人数，内阁府曾进行过专门调查，根据2015年实施的这项调查，推断出全国39岁以下的社交恐惧症患者总数约为54万人（资料出处：《关于年轻人生活的调查报告》，平成二十八年九月公布）。然而这一数字，却引起了不少质疑，因为该调查没有将40岁以上的人群列为调查对象；此外，专职主妇以及无业在家帮着父母干家务的女性，也被以“在家庭内部从事相关工作”

的处理方式，排除在了调查对象之外。

林女士认为，专职主妇或无业在家帮父母干家务的女性当中，很多人也都在为社交恐惧和生存焦虑而深感苦恼。此外，各种为社交恐惧者提供援助的自助式活动，大多是男女混合的形式，这也让很多女性产生踌躇因而参与意愿不高。

“实际上，那些以‘社交恐惧者’为对象的活动，来参加的人90%以上都是男性。我在举办了限定女性为对象的多场活动之后才知道，原来她们因为有男性在场会感到害怕，或者是本来就不敢跟人接触，这样的人生活当中真的很多很多。比方说，‘受到过父亲或丈夫的家庭暴力’‘曾经被班上的男生欺负过’等，其中很多人都表示：‘知道好多地方都举办过类似的活动，但是因为有男性参加活动，感到不安，所以就不敢去参加。’这类女性人数之多让我很吃惊。”

这些女性，无疑是被之前的调查忽视了其存在的群体。

此外，由于各地的援助组织视线仅仅盯住男性、多以男性为对象举办类似活动，因而有大量的女性社交恐惧者被误认为并不存在，以致无人去关注她们。节目组在采访过程中深切地认识到，原来这个社会竟然隐藏着这么多对社交深怀恐惧的女性，她们与社会几乎毫无联系，甚至这个社会根本就没有她们的容身之所。究竟有多少在专职主妇、帮父母干家务活的名义之下，独自品尝着生存的艰辛并且迫切需要援助的女性？林女士根据自己的切身经历，推算出了这部分女性的人数。

“在调查拒绝上学人群、‘尼特族’的时候，男女比例差不多是一半对一半，而到调查社交恐惧者的时候，数字会相差这么多，绝对叫人无法理解。据我推算，女性的人数即使说和男性同样庞大也没什么好大惊小怪的。”

11　中年女性社交恐惧者特有的生活艰困

林女士主办的社交恐惧症女子会，来到现场的参加者们究竟倾吐了什么样的苦恼呢？接触过2 400多名参加者的林女士注意到，目前30多岁至40来岁也就是中年女性，与50岁以上的女性，遭遇的烦恼有所不同。

“我感觉现在的‘40岁上下’世代，都有一个非常强烈的自我意识，就是‘一定要努力地好好地生存下去’，比如要好好恋爱，好好结婚，要成为正式员工，否则就觉得是人生失败。像我这个世代（50多岁）的人观念中，哪怕打个零工也可以让自己活得轻松一点、活得惬意一点。现在三四十岁的女性有种倾向，老是认为自己对社会没有任何益处，并且为此而不停地自责，这样子更加容易让她们一步也跨不出去。”

接下来，节目组又对众多就业冰河期的女性进行采访，倾听她们的心声，有林女士指出的那种想法的女性果然不少，她们有的因为婚后教育幼小的孩子或丈夫经常调换工作地点而无法继续工作，有的始终找不到正式的工作，只能从事一些初级的计时零工等，为此产生了强烈的危机感、焦虑以及因为自觉对社会毫无贡献的无助和无奈感，正如就业冰河期世代女性所感受到的，即使她们成了一名专职主妇，社会对其仍然有种无形的压力：当主妇也必须当一名最好的主妇。而这也正是中年女性所特有的生活艰困。

除此以外，林女士还提到，40 岁以上的活动参加者还格外面临的一个问题不容忽视，就是对家中老人的照料。陷于社交恐惧的女性中，承担了父母照料之责的不在少数，形成典型的 40 代子女与 70 代父母的组合，令普通人群担忧的“7040 问题”即父母和子女一同被拖垮的问题在这些社交恐惧症患者身上同样在发生。

“有时候家人会理直气壮地要求她们：‘反正你也不出去工作，就在家负责照料父母吧！’这种情况下让人极为担心的是，由于宅在家里照料老人，导致和外界的联系完全被割断，也无法同社会福祉相关人员交谈向其咨询或者求助，很可能因为不堪精神负担而彻底被击垮。在完成老人的照料之后，又变成孤零零的一个人，到那时候，身边又没有朋友，自己有什么苦恼无人可以倾诉，弄不好独自无声无息地死了都没有人知道，想想就让人不安啊！”

林女士讲述着中年女性所面临的严峻的现实问题。长期与中年女性接触下来的林女士的话语中，充满了一种急迫感。

“她们身上所共有的那种孤独感、不安感，其实是一个非常危险的信号。她们同那些年龄相近但是在工作着的人、同那些结了婚的人的交友关系完全切断了，数年如一日地过着孤单单的沉闷的生活，根本没有余力去思考，也看不到任何希望。”

说不出“帮帮我”甚至连开口发个声都轻易无法做到的女性，潜在的一定还有更多——听了林女士的介绍，节目组的这个认识也渐渐坚定起来。究竟怎么做，才能让这些女性的生存环境变得更加友好更加轻松一些呢？节目组深切地感到，对于中年男性是毋庸置疑的，对于中年女性理应更多地倾听她们的心声，而不能让她们身处的艰困无声无息地被社会忽视，必须让整个社会清楚地了解她们真实的生存状态。

“社交恐惧症 UX 女子会”官网：

http://uxkaigi.jp/

“社交恐惧症 UX 女子会”宣传册销售链接：

http://uxkaigi.base.shop

(1) 关怀女性社交恐惧者

2018 年 4 月下旬的一天。傍晚时分，节目组成员步出新小岩车站，走在东京葛饰区的某商店街上。听说今晚有一个社交恐惧者的聚会活动，节目组获得了许可，前往会场实地采访。这个活动名为“社交恐惧症当事者之会”，是由民间的社交恐惧者援助组织 TOUCANET 主办的，由一些曾经的或者现在已经治愈的社交恐惧症患者，以及至今未愈不能正常上学或工作的患者，定期聚集在一起，各自讲述自身的经历，分享一些有益的经验。

如前所述，根据内阁府的推断，目前日本全国大约有 54 万名社交恐惧症患者，但随即有专家及相关人士指出这一推断所依据的调查存在着盲点。首先是，该推断没有将 40 岁以上的人士包括在内；其次，“居家育儿，或帮助父母从事家务”的女性，也就是专职主妇及无业在家帮助父母干家务活的女性被排除在了调查对象之外。

在《中年危机观察：失意的一代》专题片采访和制作过程中，节目组不止一次地听到“社交恐惧症”这个词。在 2017 年 12 月播出的《中年危机观察：失意的一代》这一辑中，接受节目采访的田中绘美女士（化名，44 岁）的一席话给人留下了深刻的印象。

“现在不工作，几乎一天到晚都待在家里，除了父母也不跟任何人说话，和谁都没有联系，这大概就是社交恐惧症吧……我也不想让任何人知道我现在的这个样子。”

判断田中女士这种情况究竟属于还是不属于社交恐惧症，并不是件轻而易举的事，毕竟，关于“社交恐惧症”，原本就没有一个明确的定义。由于田中女士无业，在家帮着父母做一些家务活，因此，她不属于内阁府主导的调查活动“社交恐惧症”的对象范围。

然而问题的本质在于，像这样本人自认社交恐惧症、同周围几乎没有任何社会关联的人，已经很难再回归社会。此外，社交恐惧症状的长期化、人到中年后与社会的连接势必渐渐全无等，40 岁、50 岁以上的中老年社交恐惧者群体如何才能得到切实有效的援助，目前也在各地引起了关注和讨论。

田中女士在采访中曾表示：“恨不得把脖子一勒死了算了，死了就不会麻烦到任何人了。”令人强烈地感受到，她已经失去工作和生存下去的意愿了。“40 岁上下”世代的苦恼同他们深陷社交恐惧的状况恐怕不无关系——这种认识也是节目组深入社交恐惧者活动现场进行采访的初始动机。

活动租借了葛饰区的公民会馆举行。TOUCANET 的代表理事藤原宏美先生主持，参加者一边吃着小点心，一边将各自的境遇以及苦恼和盘托出，互相分享。当晚的活动共有 10 名参加者，年龄从 20 来岁至 40 多岁，其中 3 个人是“40 岁上下”世代。

这个活动基本上每月都会举行，因此参加者多数互相已熟识，大家聊着各自的近况，脸上露出轻松的表情。活动中唯一的一名女性是第一次参加这个活动，她的表情略显紧张，交谈的时候似乎在斟酌应该多大程度触及个人的隐私。据藤原先生说，社交恐惧症患者一度回归社会，之后再度陷入恐惧的人也不在少数，因此提供一个平台，让他们与身边的人形成某种联结是十分必要的。他们陷入社交恐惧的原因，既有因为在初中或高中的时候遭到校内欺凌，也有因为与父母的关系恶化，以及抑郁症之类的精神疾患所引起等，形形色色。

当晚参加活动的一位36岁的男性，由于求职屡屡失败而导致了社交恐惧症。他的志向是入职制造行业的企业或者综合贸易公司，曾经向20多家企业寄送了应征简历，结果全部落空。

他踏上社会求职的时期恰恰是就业冰河期。因为拿不到企业的内定通知，使得他偏执地以为自己是社会的多余人。其后，大约有6年时间他一直处于社交恐惧之中。病症演化成长期化的原因，则是家人缺乏必要的理解。

父亲就毫不客气地训斥他："说是说'就业冰河期'，可有的人为什么就拿到了内定通知书啊？这只能说明你不够努力，是你自己酿的苦果！"当时，"社交恐惧症"这个词尚不像现在这样被很多人熟知，这也加剧了家人对他的不理解。

藤原先生介绍说，"40岁上下"世代的父母一辈年龄大致在60多岁、70来岁，他们那一代正是经济高度增长、社会快速发展、企业大量录用新人的时期，这也形成了他们那代人特有的"只要付出一分努力，就会有一分回报"的观念，形成理所当然的公共价值观，因而他们中的很多人对如今30多岁、40来岁的人的苦恼无法理解。这位参加者不明白自己为什么会变得恐惧社交？怎样才能从这种苦境中解脱出来？为此，他到图书馆查阅了许多专业书，后来因为一个偶然的机会从互联网上得知了"社交恐惧症当事者之会"，了解到并不是只有他一人陷入这样的境况，于是慢慢尝试着与这些人接触，渐渐回归社会。

然而，重新进入劳动力市场的难度远远超乎了想象。求职之际，用人企业必定会问及简历中的6年空白期是怎么回事，性格老实的他照实回答，结果没有一家企业敢录用他。不得已，之后他又重拾旧业干起了零工，以维持生活，父亲的去世让他再次陷入社交恐惧之中。直到最近，他在职业培训学校学会了专门技术，从而得以在一家机械制造工厂找到了工作，却是以非正规就业的身份。和之前成天只能反复拘泥于眼前的琐碎事情，完全没有余力去考虑将来的生活不同，现在他开始有了余力去思考将来，但是这反而让他看到的尽是绝望。

如今，他和70岁高龄的母亲和42岁的哥哥3个人共同生活，哥哥会时不时地呵斥他："你为什么会没正式工作？还不是你自己的责任？要怪就怪你有什么社交恐惧症啊。咱娘我当然会照顾她，可是你我就管不着了，你死了也跟我没有关系！"

其实他并没有让哥哥照顾的意思，因为哥哥虽然是一家贸易公司的正式员工，但收入也算不上宽裕，因而始终有种担心，生怕之前一直资助弟弟生活的父母亲一旦去世，照料弟弟的责任就要落到自己头上。加上兄弟二人现在住的是父母的房子，等将来母亲去世，就得将房子卖了进行遗产分割，到那时候非正规就业的他该怎么办？想到这些，他就愈加感到不安。

是"社交恐惧症当事者之会"给了他撑下去的鼓舞。虽说这个活动并没有提供具体的就业以及金钱上的援助，但互相可以分享烦恼、分享经验的那种轻松宽弛的氛围给了他莫大的慰藉。

"在公司里或者在家里，都没有人理解。自己也不会硬是希望他们来理解自己，在他们面前，我甚至开口把自己的苦恼说出来都做不到，所以才会越来越孤独。而在这里，把自己的苦恼说出来，或者听别人说出他们的苦恼，就会深切地感觉到：原来这样的人不是只有我一个啊。”

最近，来向代表理事藤原先生问询有关“40 岁上下”世代社交恐惧症的人开始多起来。前来咨询的，大多是“40 岁上下”世代的父母，他们为自己去世以后儿子或女儿的将来感到深深担忧。“40 岁上下”世代的社交恐惧症问题，随着其父母退休步入高龄，似乎危机也越来越迫近了。

不知不觉，时针已指向晚上 9 点钟。从傍晚时分开始的这场活动散会了。节目组通过现场采访深切地认识到，一旦因为某种原因而被排除出社会后，想重新回归社会是件多么困难的事情。此前节目组采访过的“就业冰河期”世代，也都或是因为求职失败，或是因为伤病等原因而退职，之后再想就业就会遭遇新人一次性集中录用这个障碍，挡住了就业之路，以致沦为非正规就业者，绝不是他们不够努力。每个时期都有每个时期的经济环境，这类社会背景往往对他们的就业甚或人生产生了重大影响，最终谁被排挤出去谁能成为胜者，完全得靠运气。想到这里，不由令人叹惋：或许整个日本所肩负的背运以及不幸全都由“40 岁上下”这一代人承受了吧。

一帆风顺的人生是不存在的。倘若果真如此，那么无论哪个世代，振作起来从头再来才是最紧要和最可贵的——节目组成员在返回的途中，情不自禁地这样想道。

(2) 提高中年世代“婚活”成功率的“AI 婚活”

日本的少子化和高龄化现象日益严峻。正如前文提到的，现今日本男性和女性的未婚率均达到了历史最高，而这一现状也必将全方位地严重影响到日本各个产业。

生涯未婚率的攀升，意味着出生率的下降。日本的国情与欧美不同，大多数情况下是男女结婚后才生育子女，因此，不婚人群的增加必然导致出生人数减少。在这里，并不想宣扬什么结婚才是最理想的选择，毕竟，当今社会的生存方式越来越呈现出多样化，选择什么样的人生是每个人的个体权利和自由，无论何种选择，别人都不应当说三道四。

然而，直接导致出生率低下的不婚，又或者想结婚而结不了婚的人数日渐增加，却导致了一个巨大的社会畸形，即日本社会的“人口再生产”将无法延续，体现在产业经营方面，其现象之一便是后继无人。在一些未婚化尤其是人口出生率显著下降的地区，已经直接影响到企业的经营后续，给企业经营带来沉重的阴影，那些人口减少以及人口流出严重的地区的地方政府，无不为此而头痛不已。

最早开展结婚支援的爱媛县

在日本，却有一处由于当地政府积极导入了 IT 技术、大力扶持“婚活”事业，从而取得全国第一的突出业绩。这便是位于爱媛县松山市的“爱媛结婚支援中心”，经这个中心牵线搭桥，迄今已经成功促成了约 1 000 对男女结婚组成家庭，如果将数字限定在“40 岁上下”世代，则最近 6 年一共促成了 269 人步入婚姻殿堂。

这个支援中心创办于 2008 年 11 月。而日本全社会开始将婚姻支援视为一项重要事业，则是始于 2016 年的“日本 1 亿人总动员计划”，该计划将结婚支援作为一项重要内容列入其中。由此来看，尽管现在全国几乎所有地方都在大力开展“婚活”支援，但爱媛县在全国各地方政府中堪称走在前列。爱媛县如此作为，其实是有其原因的，这就是少子化、高龄化的现象在爱媛县尤为突出，已经深刻影响到当地企业正常的生产经营。

爱媛结婚支援中心由一般社会法人“爱媛县法人会联合会”（以下简称“法人会”）负责运营，该会原先的主要经营内容是与税务相关的业务知识培训。一个税务关联团体又怎么会想到去开展结婚支援事业的呢？事情还要从2007年说起，当时在爱媛县召开了全国青年代表大会，期间一份针对全国青年代表进行的“今后税收最应该用于何处”的问卷调查结果显示，反响最强烈的是将税收用于少子化对策。

“越来越多的员工不结婚了，连带导致责任感也越来越淡漠，不愿意在企业长期待下去，造成了企业的生产能力很不稳定。”

调查中不乏来自企业经营者的这种不安的声音。

爱媛县内各企业的规模过小，也成为阻碍年轻人结婚的一大原因。统计显示，县内约有六成的小微企业，从业人员不足4人；从业人员数在9人以下的则合计达到了全部企业的八成（资料来源：平成二十六年年度经济基础情况普查）。

泡沫经济崩溃前，对于日本社会而言，企业不仅仅是劳动的场所，也兼具寻觅和邂逅婚姻对象的职能，可以说，正是那样的企业劳动环境，是使得当时的高结婚率得以维持的要素之一。

如今爱媛县内各小微企业现状又如何？在从业人员9人以下的企业占了全部企业八成的爱媛县，企业内部职场恋爱、结婚的可能性似乎绝对谈不上乐观。

照此下去，爱媛县的产业体系很有可能发生彻底崩溃。县内各企业的职场恋爱、结婚的机会越来越少，越发加剧了本已严峻的未婚化趋势，从而使得企业后继者不足的情况愈加严重，对此法人会感到一种前所未有的危机感。由于法人会在日常与各企业接触机会非常多，因而更容易听到来自现场的真实的声音。

对此，他们认识到，有必要开展结婚支援以替代过往的职场恋爱模式，于是欣然接受当地政府的委托，开始了与自己的老本行税务指导及企业经营支援截然不同的结婚支援事业。

与企业联手开展“婚活”事业

爱媛结婚支援中心（以下简称“中心”）事业之初将重心放在为独身男女提供接触和邂逅的场所上。首先，招揽读者在中心发行的供免费阅读的电子杂志上登录注册，与此同时针对县内各企业开展工作，募集中心举办“婚活”相关活动时愿意积极鼓励和支持未婚员工参加活动的后援企业，后援企业实行登录制，并一律免收登录费用。这一将企业“拖下水”的战术果然取得了成功，也让“婚活”相关活动与就业于县内各企业的青年男女建立起了联系，其后策划“婚活”相关活动不仅是中心的事，各后援企业也积极行动起来，甚至有时候企业自己也会策划组织这类活动。

中心的事务局长岩丸裕建先生介绍说，这种方法在远离大都市的地方来说，非常奏效。

“企业方面诱劝员工结婚之类，在当今这个时代有时候会被视为某种性骚扰，不过在小地方，很多企业内部的人际关系非常和睦友好，企业之间的横向联系也十分密切，不少企业的社长和管理者积极带头，参加或者举办‘婚活’相关活动。”

被企业说动而参加“婚活”相关活动的未婚青年员工，也逐渐对“婚活”有了正确的认识，在中心登录注册的会员越来越多。中心采取了一套与其他县市不同的组织“婚活”相关活动的做法，使得这项事业效果显著，切切实实为更多的青年男女搭起了婚姻的桥梁。

用 IT 化解决财政难问题

虽然中心这些年来促成了不少青年顺利步入婚姻殿堂，但随着登录者增多，事业规模越来越大之后，也遭遇了无法避免的难题，这就是运营经费和人手不足。

如今，中心从国家获得了部分辅助金，但是在创办之初，不过是接受爱媛县政府委托以普通社会团体的身份尝试着开展活动的一个小小机构而已。如果仅仅策划一些活动为前来参与活动的青年男女提供一个相识的接触的机会，经费方面尚感觉不到很大压力，但是想要进一步开展在其他县市已经开始进行的“一对一约会支援”等，尽管期望者众多，却由于经费原因而迟迟无法开展起来。

实际上，中心刚刚创办的 2008 年，全国各地由地方政府主导的结婚支援中心推出的“一对一约会支援”项目，登录者管理、男女配对、预约安排等，全部靠人工完成，登录者的个人简历等也都靠对手工书写的卡片进行相应管理，因此，不仅需要耗费大量的人力、人工时间，经费成本也居高不下。

为了克服不足，中心采取的对策是彻底推进 IT 化。由于负责中心运营的法人会的专长就是企业的税务及会计指导，因而极具成本意识，此外，法人会还拥有自己的系统工程师，精通 IT 业务，这也是中心自身与生俱来的有利资源。中心用了大约 3 年时间，在充分听取使用者的意见和建议的基础上，成功开发了“一对一约会事业系统”，将原先卡片式管理的登录者信息彻底转换成了数字信息，实行数据化管理。

从此，预约、期望对象的情况预览及条件检索、同期望对象的约会申请等整个过程，尽管中心人手少但照样可以轻松应付，人力成本也较以前有所下降，实现了以最小限度的人力进行正常运营及管理。

通过彻底的IT化来开展结婚支援事业，爱媛结婚支援中心在全国各地市县中开了风气之先，由于彻底实现了IT化，“一对一约会事业”这项实事也越来越受到人们高度关注。

让存储的大数据活起来

爱媛结婚支援中心是全国最早导入IT技术开展“一对一约会事业”的。在这个过程中，中心发现，由于IT的导入在开展业务时还可以收集到并存储大量意料之外的有用信息。例如，什么样的使用者设定了什么样的条件进行对象检索的？提出约会申请的对方一般具有哪些特点？有过几次约会失败经历？什么样的约会组合成功概率高？等等，这些使用者的登录记录在今天这个时代都成为极其有用的大数据。该中心存储了大约150万件此类数据。

随着“一对一约会事业”的开展，配对成功甚至步入婚姻殿堂的男女人数不断增多，但同时也显示出结婚支援事业的难度，尤其是“40岁上下”世代的女性，对对方条件的坚持令人吃惊。从事结婚支援事业已经9年的岩丸事务局长表示，就业冰河期世代有着与众不同的结婚观。

“就业冰河期世代，他们度过了很不幸的青春时代，所以，不想今后人生再发生任何失败的意愿比其他要求都要来得更加强烈，对于结婚对象，要求高收入啦，要求工作稳定啦，并且最好是大型企业的正式员工啦等，可是，一味强调这些条件的话，结果就是把自己的‘婚活’之路越弄越窄了。”

利用中心业已存储下的庞大数据，能否让使用者的配对成功率得到提高呢？岩丸先生邀请了来自全国的婚姻研究领域或AI方面的7位顶级专家，于2014年成立“结婚支援大数据活用研究会”，因摄制《中年危机观察：失意的一代》专题片而数度得到其大力支持的“婚活”一词的首创者山田昌弘教授也在其中。在大数据研究权威、国立情报学研究所的宇野毅明教授的主导下，研究所成功开发了由AI自动配对的服务系统。

AI为使用者量体裁衣，推荐对象

导入AI技术的自动配对系统究竟是个什么玩意儿？这个解释起来稍稍有点复杂，读者不妨联想一下身边大多数人有过使用经验的邮购网站亚马逊。在亚马逊网站选购商品时，页面下方会出现“购买此商品的人还购买过……”的字样，自动向使用者推介商品，设法激起使用者的购买欲望。其实是在系统设置中，将与自己购入同样商品的人其后（又或者同时）购买了何种商品的信息自动存储了下来，然后按照频度高低，依序向使用者进行推荐。爱媛结婚支援中心的AI自动配对服务系统也是运用了这样的工作原理。

AI自动配对服务系统是如何活用这种原理的呢？请看下面的说明。

假设男性会员A先生通过条件检索，对系统显示的女性会员B小姐产生了好感，于是提出约会申请，遗憾的是B小姐对A先生并无好感，拒绝了会面要求。按照通常的约会相亲流程，事情至此便画上了句号，A先生又必须向系统输入检索条件，重新遴选意中佳人，在响应其约会申请的女性出现之前，A先生的检索和犹疑不决将一直持续下去。

然而AI自动配对服务系统的厉害之处正是从这里得以淋漓尽致地发挥。AI自动配对服务系统一面存储下A先生的失败经历；另一面则对其他人的经历进行解析，首先它假定以往对B小姐同样提出过约会申请的男性会员和A先生有着共同的女性偏好，将这些人归为一个群组；其次，将这些具有共同偏好的男性会员过去还曾向其提出过约会申请的其他女性会员假定为A先生可能会产生好感的女性，也归为一个群组，这样就可以向A先生自动推荐其他女性会员，促成其约会。

从女性这一方面来看，将曾经向A先生表达过约会愿望的女性会员组成一个对A先生有好感的女性会员群组。于是，就形成了两个组群，即A先生喜欢的女性类型群和对A先生有好感的女性会员群，两个组群中交叉者，就是单靠之前的条件检索无法分析出的潜在的约会候选人。

AI能让使用者更加积极主动

事实上，自从约会配对中导入了AI技术之后，对使用者也产生了很大影响，会员们的行为出现了明显的变化，变得更加积极主动了。

AI导入前，会员通过条件检索搜寻中意的异性会员时，常常会担心遭到对方拒绝，因而踌躇不决。岩丸事务局长表示，这其中中年女性这一倾向尤其显著。

“通过精查大数据对配对成功的组合进行跟踪分析，我们发现，由女性会员主动向男性会员发出约会邀请，约会成功的概率有明显增加，所以说，假如女性更加积极主动一点的话，‘婚活’就会更加顺利。不过，女性特别是就业冰河期的女性好像总是处在被动的角色，往往是等着机会找上门来。”

事实上，从数据中也可以发现，利用 AI 自动配对服务的人和没有利用 AI 自动配对服务的人，其主动向对方发出邀约的积极程度有着明显差距。下图的图示分别显示了利用 AI 自动配对服务的人和没有利用 AI 自动配对服务的人总计向多少名异性发出过约会申请。

没有利用 AI 自动配对服务的女性，平均每人曾向 3.52 名男性发出过约会邀约，而用了 AI 自动配对服务的女性，平均每人曾向 10.6 名男性发出过约会邀约，后者是前者的 3 倍多。AI 自动配对服务令使用者更加积极主动的效果在男性身上同样得到体现，男性的上述数据分别是 10.15 人和 36.09 人，后者足足是前者的 3.5 倍。

每名使用者的约会申请件数(平均)

利用AI自动配对服务		未利用AI自动配对服务	
男性	女性	男性	女性
36.09人	10.60人	10.15人	3.52人

资料来源：爱媛结婚支援中心

关于导入 AI 技术从而带来使用者的行为变化，岩丸事务局长在不排除“原本在‘婚活’过程中就比较积极主动的人更乐于使用 AI 系统”的前提下同时指出，AI 技术使得女性使用者变得较之前更加积极主动了这一假设应该还是成立的。

“利用了 AI 自动配对服务之后，即使约会失败，当事人也可以自我安慰说，这不是我选的，这是 AI 帮我选的结果，我并不是个遭人厌嫌的人呀，这样就不容易产生‘又被人拒了’的挫折感受。有了这样一个可以自我安慰的借口，我想可能就是使得他们积极性提高的原因之一吧。”

该中心开发的这个“一对一约会事业系统”，被称为“爱媛县方式”，现在已经推广普及至全国多个地方政府。截至2018年6月，茨城县、兵库县、高知县等地也已经开始提供AI的自动配对服务了。

利用AI功能终于寻觅到另一半的杉本女士

事实未必是自己的意思，而只是顺着AI的引导和异性约会甚至结成夫妇，对于这样的“婚活”，使用者不会产生心理抗拒吗？节目组在爱媛结婚支援中心的协助之下，采访了通过AI自动配对服务终于寻觅到自己另一半的女性会员，听听她们是怎么说的。

杉本纱也女士（化名，44岁）6年前开始成为该中心的会员，她一边以正式员工身份在爱媛县从事社会福祉类的相关工作，一边频繁地进出该中心，积极进行“婚活”相关活动。20多岁的时候，她没顾得上结婚，精力更多地都放在了工作以及参加青年海外协力队[①]上了，想趁年轻去做些自己想做的有意义的事情。其实杉本女士从懂事的时候起就对婚姻充满了憧憬，大约从30岁起开始参加一些集体相亲活动，可是始终没能寻觅到理想的伴侣。38岁时，结婚的愿望陡然迫切起来，因为她开始意识到适育年龄这个很现实的问题。

“我心里涌起一股强烈的愿望，希望赶快有自己的孩子，所以我意识到再不加把劲可不行了，因为对我来说，最佳生育年龄留给我的时间已经不多了。”

① 日本青年海外协力队：英文为“Japan Overseas Volunteers”，日本政府向发展中国家和地区派遣志愿人员的计划，于1965年创立。

登录爱媛结婚支援中心成为注册会员的杉本女士，每个月会上中心网站一次，非常积极主动地发出一对一的约会申请。她对结婚对象的要求是，年收入不低于500万日元，企业正式员工，年龄35岁至50岁，此外，她还希望和自己约会的男士没有子女、不吸烟。将这些条件输入系统，拉出来一串符合条件的男士，她对着每个人的照片仔细端详，挑选出感觉比较中意的男士，发出约会邀请。

6年间，实际约会的男士约有30人。但是一旦真正约会，杉本女士发现，大部分男士同自己的理想相去甚远。

“简历上的照片看着还不错，结果有的人一见面就让你忍不住‘哎呀呀……’地倒胃口。再加上一交谈，要么十有八九不在一个频道上，要么谈吐表达啦或者察言观色啦等，都印象不太好，反正眼睛里看到的净是我讨厌的毛病。”

杉本女士坚持不懈的“婚活”始终不顺利。这期间，她同一名男士终于走到了正式交往谈恋爱的地步。对方是名离过一次婚的男士，经过一段时间的交往，两人都萌生了结婚的念头，谁料男方不愿生孩子，而杉本女士无论如何想要个自己亲生的孩子，双方关系于是陷入僵局，后来随着男方工作地点调动，两人终于结束了恋爱关系。数十次的约会，好不容易抓住一次结婚的机会最终仍未能如愿，这给了杉本女士不小的打击，使得她产生了犹豫，怀疑自己是否还要继续寻觅下去。

一段看不见尽头的“婚活”行程，让杉本女士身心俱疲。

就在此时，爱媛结婚支援中心向杉本女士建议，不妨试试看利用AI的自动配对功能来寻找另一半。活动非常积极的杉本女士此前已通过AI系统向近30位男士进行过推荐，在该中心会员中属于炙手可热的约会候选对象，参与活动次数越多，AI系统就越可能为你筛选出接近理想的约会候选对象，而假设刚入会的新会员，即使想利用 AI 自动配对服务，系统也无法推荐约会对象，因为缺少本人的活动参与数据，系统是无法瞄准一个假定的理想对象进行配对并推荐的。

回到杉本女士的话题上。AI 系统向杉本女士自动推荐的一名男士，基本情况是年收入不到 500 万日元、大约 450 万日元，容貌也与杉本女士登录时描述的要求略有出入，不过杉本女士仍表示愿意“见一面试试”。当被问到容貌是否不再看重了这一点时，杉本女士的回答有点出乎意料：

“我心里也有点犹豫，可是再一想，是 AI 系统从大数据中筛选出来的，应该没什么问题吧，所以决定不管怎么样，先见上一面看看再说。”

看来杉本女士对 AI 系统自动筛选出的约会对象的兴趣和信任，超出一般的想象。假如同样这个人，是通过普通的条件检索跳出来的话，会不会试着和对方约会呢？当节目组问到这个问题时，杉本女士思索片刻，摇了摇头。

从结果来看，AI 系统的介入对于促成男女会员约会发挥出了意想不到的功用，这是有数据为证的。在该中心实现男女约会的概率，假如按照惯常的做法，即男女会员各自列出对于另一半的期望条件，成功率仅为 13%，而 AI 系统介入后约会成功率一举达到了 29%（资料出处：爱媛结婚支援中心），整整提高了 1 倍多。

杉本女士没有抱着过高的期待，打定主意先见一面试试，没承想，男方和自己意气相投，会话过程也十分愉快有趣。

男方的外貌，较之照片更能让人心生好感。出于对健康管理的重视，男方还时常自己下厨，这对喜欢料理制作的杉本女士来说，真好比一见如故。

“让我心生好感的地方真不少。感觉 2 个小时的约会太短了。虽然说收入也是很重要的一点，但是这次面对面的接触让我从其他侧面看到了对方的一些真实情况。”

这 6 年当中，杉本女士一直通过条件检索来筛选另一半，但却在不知不觉中对对方的期待越来越高、越来越脱离实际，结果接触下来却只看到对方身上令她不愉快的毛病。她对通过 AI 系统自动筛选约会对象这事究竟有没有过抵触呢？对此疑问，杉本女士稍稍沉思了一会儿，然后回答道：

“当然我也想过，和 AI 系统挑选出来的人能处得下去吗？可是迄今为止，我和许多依据自己设的条件挑出来的男性会员见过面，却都没有成功，我觉得 AI 系统挑选倒不妨也是一种选择手段，首先自己说服自己有了这种理解，所以才会取得比较理想的结果吧。”

12 怎样激发“生存的希望”？

随着采访的不断深入，节目组发现国家和各地方政府还积极推出了更多细微然而却扎实有效的面向“40岁上下”世代的具体援助措施，相信今后还会出现多种多样的形式，将会进一步扩大援助势头，而整个社会也有必要对此助推一把。

当然还必须深刻认识到：与构筑起全社会的支援机制并行且不可或缺的，是对于“40岁上下”世代精神上的支援。

他们这一代人在求职时期不幸遭受了社会的沉重打击，如今步入中年，仍背负着一大堆社会性难题，而未来，他们还面临着“一辈子背负了贫困的宿命”的困境。面对这样的命运，“40岁上下”世代如何才能找到自己的人生希望？尽管命运多舛，但仍真心祝愿他们不要气馁、不要消沉，而要勇敢地抬起头向前看，勇敢地去追求幸福、拥抱幸福。为此，有没有什么建议或有益的提示与他们分享呢？

节目组带着这样的问题意识，反复思考、调查，最终出人意料地仍旧回到之前曾多次采访过的起点，“我们还想听听您有什么建议……”电话另一头，是玄田有史教授，就是成为《中年危机观察：失意的一代》专题片采访最初线索、为我们详解收入的世代间差距的那位专家。

玄田教授2005年起与东京大学社会科学研究所的同事们一起开始了“期望社会学”的研究，一直持续至今。这项研究从令人压抑的现实、艰难的社会环境条件出发，尝试从多角度去找出和解析什么样的选择和行为有可能寻求到一线希望，2009年教授应邀登上“Close-up现代+”节目，向观众介绍了他们的阶段性研究成果，与本书有此前缘。

“曾经，希望被人们视为幸福的前提。”玄田教授在《怎样创造希望》（岩波新书）一书的篇首这样写道。接下去，书中这样写道：

> 在此想特别强调的是，希望不是谁给予的，而是靠自己创造出来的。（中间略）现代人的希望，已经不再是前提，希望本身已然成为需要我们用双手去创造的对象了。（中间略）希望不能等着谁来给予自己，不要指望说“谢谢你给予了我希望”。希望要靠自己探寻、自己创造，别人给予的希望不是真正的希望。
>
> 当然，创造希望不是件轻而易举的事情。一个冷酷的事实是，因身处的环境状况不同，有的人更容易充满希望，有的人就不那么幸运。但并不能因此而断言，身处不利环境的人就可以不必追寻希望了，每一个人都可以依据自身的情况，书写自己独特的故事、创造出自己独特的希望。

2018年2月，节目组为探求“生存的希望”，再次前往玄田教授的研究室登门拜访。

“遭受命运的一连串恶作剧，想必多少都会有点认命、放弃的感觉吧。”

玄田教授的话头，从“40 岁上下”世代普遍感受到的“反正想也没用……”这样一种消极氛围开始。

节目组接过话头，向教授提问：“那么，对于‘40 岁上下’世代来说，怎样才能激起他们的希望呢?”

教授立即毫不客气地纠正道：“所以说嘛，‘激起他们的希望’这一类的说法本身就是不妥的。希望是要自己创造的，‘给他希望’的话又完全是另一种姿态了。‘感动’也一样，‘感动’和‘希望’都必须是主体的自身行为，而不是由别人来施予的。”

教授讲得太有道理了。

潜意识中，我们都不知不觉将希望视作周围人给予或从周围人那里得到的，并根深蒂固地印在脑海中。经教授这么一提醒，节目组成员不由得感到阵阵羞愧。

13 “弱连接”——松散的社会关系

既然好不容易争取到了宝贵的机会，总不能一事无成白白浪费掉。节目组成员整理思路，换了个角度重新发问道：“那么‘40岁上下’世代怎么样才能创造出属于自己的希望呢？教授有什么有益的建议？”

从玄田教授口中，吐出一个关键词：“Weak Ties”。

“Weak Ties”最早是由美国的社会学者马克·格兰诺维特[①]提出的，为了指导人们更加轻松地跳槽找工作，他提出了这个概念，用今天的话来表示就是“弱连接”的意思。玄田教授在期望社会学的研究中，通过实际调查渐渐发现，“弱连接”对于一个人重铸希望有着十分重要的指导意义。

“其实有一点非常重要，就是和自己背景截然不同的人，因偶然的机遇而相遇，由此建立起来的一种人际关系，因为对方所处的环境和自己完全不同，所获得和掌握的信息自然也完全不一样，所以这种‘弱连接’可能会成为双方发现另一个全新世界的契机。比方说在互联网社会中，人们往往会产生无论什么信息总能搜寻到的幻觉，结果却是搜到的大都限于雅虎新闻，也就是说你看到的信息大多是重复同一的，表面上看大家查阅的是不同页面，但实际上却是被同样的信息操纵着。而这种‘弱连接’关系，可以说是极其个别的、偶然的和线性的，甚至或多或少可能会带来不适，因为对方与自己不在同一个世界，所以有时候会冒出比如‘怎么回事，莫名其妙嘛’这样的感受，但有时偶尔的接触却会让你恍然大悟：‘原来是这么回事啊！’这种时候你就会感到，自己从中获得了某种有益的启示。”

这里顺带说一句，与“弱连接”相对应的是“Strong Ties”（“强连接”）式的人际关系，朝夕相处，一起开会、一起长时间交谈，最后得出一致的结论，当然还会一起去喝上两杯，甚至有的人夜晚时会一起回到整齐划一的员工宿舍，退休后又会凑在一起打高尔夫球，这样的人际关系就是典型的“强连接”关系。“强连接”的人际关系由于其团结一致的团体特征，能带给人们某种安全感，然而也有其致命的缺点，即缺乏创造性。

“泡沫世代基本上都是生活在‘强连接’的社会关系当中，但是到了冰河期世代世道开始变了，有些人开始认识到，‘完全指望（企业或某个组织）内部的“强连接”关系，看来是不行的’。事实证明，恰恰是这部分人在冰河期相对地比较能够适应。”

在日本，由于社会关系的“强连接”而取得了巨大的经济成功，因而人们很容易沉浸在这种成功体验之中，随时代变化而变化的步子总显得踽跚迟疑。但玄田教授仍强调说，对于“40 岁上下”世代来说，在企业或就职单位之外，构筑起某种“弱连接”的社会关系网络是完全可行的。

---

① 马克·格兰诺维特（Mark Granovetter）：美国社会学家，主要研究领域为社会网络和经济社会学，其于 1974 年提出著名的“强连接”和“弱连接”理论，精准描述了现代社会的信息传播以及人际关系行为。

“40 来岁的人照样可以。尽管此前将人生希望、人生目标一味寄托于企业或组织，但现实已经告诉你这样是不行的，而未来的人生差不多还有将近 60 年，完全可以同与自己身处不同世界的人建立起一种松散的人际关系，从中发现属于自己的人生希望，从而改变人生，收获幸福啊。”

结束采访返回的途中，节目组成员忍不住思考自己的交友关系，然后互相提醒，自己的“弱连接”究竟是谁呢？每个人心中都有一个答案，既不是父母、家人，也不是日复一日朝夕相处的上司、职场同事，但回首人生来路，的的确确至少曾经有一个人给过自己某种激励或是影响，自己从心底由衷地向其表示感谢。许久未谋面的大学同窗、采访或制作过程中给予自己帮助的人、偶尔通过电话的住所附近的那位大爷……假如时隔多年再次相见，对方一定会很高兴吧。想象着这样的场景，心中不由自主地感觉到敞亮起来。

14　最后……“就职战线无异状”？

这已经是将近20年前的旧事了。

有一天，即将大学毕业的我独自在租住的老旧公寓里，茫然地观看电视中重播的一部旧电影，但对影片中讲述的故事却毫无感觉。

织田裕二饰演一位大学四年级学生，身穿簇新的西服，正在进行毕业前的求职活动。期望入职的那家企业的人事主管，经过一番劝诱，成功地将一群年轻学生强行“绑架”去旅行，一到旅行目的地，又是美酒又是佳肴，总之是无微不至的热情款待。即使这样，仍有个别狡猾的学生假装突然腹痛，脱逃出企业的“包围圈”，然后去参加别家企业的面试……

影片的题名是《就职战线无异状》（1991年公映，富士电视台制作）。这部影片以诙谐有趣的笔调，描写了泡沫经济时代企业之间激烈的人才争夺战，以及企业与学生之间的“勾心斗角”，再现了那个时代特有的就业场景。影片中有一句著名的台词：“不再追求自己所想成为的，而开始追求自己能够成为的，说明你已经长大成人了……”事实上，在这部影片公映前夕，日本的泡沫经济已经呈露出崩溃的前兆，然而影片中依旧充斥着那种狂热的时代氛围。

我偶然观看这部重播的影片时，已是2001年。同样是大学毕业在即，然而我所身处的情境却同电影中渲染的相去极远，投寄出去无数份应聘简历，都得不到企业一星半点的回复，甚至连所谓的“谨祝邮件”都不曾收到。“不再追求自己想成为的，而是拼了性命去寻找自己能够成为的，好歹早日长大成人吧……”这才是像我这样 2000 年前后踏上就职战线的广大学生的真实心声吧。企业与学生之间存在一个“市场”，市场中的“需求”与“供给”是随不同时代而互有增减的，像电影中的学生备受企业欢迎、成为抢手资源，那是“卖方市场”，而自己所面临的却是实实在在的“买方市场”。当我意识到这个残酷现实时，终于对荧屏上播出的画面稍稍有了几分理解。

我和我的同龄人进入求职活动的那个时代被称为“冰河期”，是继影片中所描述的狂热的泡沫期之后紧随而来的一个时代，各个企业的招聘热陡然降温，一时间就业成为世间一大难事。有人会说：“运气确实是差了点，没赶上好的时代，可是，不就当时没能进一个好的企业吗?”我还听到那些生长于经济突飞猛进、发展被认为是天经地义的时期的长辈们的冷言冷语：“人生成功与否，完全取决于自己付出的努力。”

真的是这样吗？当我们在社会这片大海上前进时，大海不时会掀起滔天巨浪，或者冻成坚冰，令人无法前行，这难道是靠自身努力可以解决的问题吗？更不用说，由于跨出去的第一步的影响，如今我们已步入中年，却依旧深陷于工作、结婚、育儿、照料老人等“人生的危机”之中……

时代又向前行进至一个新的历史时期。根据 2018 年 5 月政府发布的最新调查，大学毕业生的就业内定率达到 98.0%，为有调查以来的最高纪录（资料出处：厚生劳动省、文部科学省联合实施的“大学毕业生的就业现状”调查，平成三十年4月1日）。战后持续时间最长的经济迅速发展时期、空前的人手不足，使得劳动力成为市场抢手货的情形，对我而言以往只有在电影中才见识过的情形在现实生活中真实地发生了，企业的人事主管饶有兴味地翻看着学生自我展示手册，而内定录用的学生中有超过六成向企业表示“内定辞退”，也就是不愿入职本企业。

我深切地感受到，我们，何时、何地出生是不由自己选择的，尤其在日本，完成义务教育后，绝大多数人规行矩步地继续升入高中、大学，即使有人留级、休学，顶多也就相差数年而已，而作为劳动力大军接受者的企业一方，多少年来仍旧残留着一次性集中录用新人的企业传统文化，换句话说，我们通过求职正式踏入社会的时期也基本上是无法自由选择的。

尽管如此，有一件事却是可以确定的，那就是：经济发展是周期性的，是循环复始的。随着时代变化，我们的子孙辈或许就会再次遭遇就业冰河期，到那时，我们还会视而不见、煞是有理地指责说“运气确实差了点，不过归根结底是你自己的问题”吗？

2019年。即将结束平成时代的日本，仍有众多深陷于深刻危机之中的“40岁上下”世代，那些人生难如己愿，而且连一声“我需要帮助”都无法发出来的人们，他们除了最亲近的家人，和谁都不再交流互动，独自品尝着孤独的苦涩，而他们才刚刚进入人生的中盘战，渐渐迫近的还有对他们来说毫无希望的下半场。他们几乎已经认命、几乎已经放弃了。他们相伴了数十年的苦恼和仍身处其中的生存困境，难道真的用一句“自己的责任”就可以掩饰过去的吗？

“现在步入中年的冰河期世代所直面的问题，已经超越了个人层次，而是全社会必须认真重视起来的深刻问题。”——作为“40 岁上下”世代的一员，这就是我想向所有读到这本书的读者传达的一句话。

“Close-up 现代 + ”编辑主任
渡边隆文（1979 年出生，39 岁）

后 记

NHK电视台"Close-up现代+"节目（每周一至周四，22:00—22:25播出），分别于2017年12月及2018年6月分两次播出了一部名为《中年危机观察：失意的一代》的专题片。本书即是在这两次播出内容的基础上，加入节目中未能播出的部分采访内容整理而成。

借此机会，再次向对节目播出和本书出版给予莫大协助、支持的各方，谨表我们的诚挚谢意。

首先，向欣然接受节目组采访的所有"40岁上下"世代各位表示深深的感谢。感谢你们毫无保留地向我们倾吐那段不堪回首的逝去的岁月，坦陈看不见出口的当前仍身处其中的生存现状，你们将深埋在心底的声音发出来，才能让全社会正视"40岁上下"世代所面临的深刻危机，也才更有可能让全社会一起来思考和改变这种现状。今后，我们仍将带着一系列问题意识，继续就这一社会课题进行深入采访。

此外，还要向活跃在各个研究领域的学者和专家表示感谢，你们不仅无私地向节目组提供了客观翔实的数据资料，使得《中年危机观察：失意的一代》专题片因为拥有大量例证而更加具有说服力，并且运用你们的专业知识，对这一现象进行了深刻的解析，也给了节目组极其有益的启示。玄田有史先生、联合综合生活开发研究所的黑田启太先生，多谢你们。调查报告封面的“如何避免出现新的就业冰河期世代”这个标题，已经深深镌刻在我们的心中。

山田昌弘先生深入浅出地为我们剖析了日本社会正处于何种发展流势中，今后又将流泻至何方。与此同时，作为一名家庭社会学者，先生对于当今社会差异现象的定型化和固化怀有极大的危机感，这也让我们意识到，这将是未来的一个重要课题。随着“40 岁上下”世代高龄化的到来，社会保障成本势必将不断提高。

藤田孝典先生在百忙中先后两次来到演播厅参加现场录制。先生直言不讳地指出了“40 岁上下”世代所面临的危机的严重程度和顽固程度，你所担忧的“今后 10 年，社会为此在多大程度上做好防范准备将成为避免这种恶劣局面的关键”，我们也将尽力使更多的人树立起这种危机意识。

从有着多年职业规划和职业咨询经验的锦户佳央梨女士那里，我们了解到非正规就业女性复杂的内心真情，她们说不出“我需要帮助”这句话，身边又没有人可以倾吐，只能默默地独自咀嚼那分苦涩。是她让我们知道，有很多人正挣扎在这样的不幸之中。

感谢节目播出时莅临演播厅的饭岛裕子女士和古川雅子女士。两位都熟谙许多鲜活的事例，在节目播出前还和节目组一同讨论如何在有限的时间内，从纷纭众多的观点中，将最重要诉求点传达给观众。“Close-up 现代 + ”栏目每次的播出时间只有 25 分钟，受时间的限制，许多素材不得不有所删减，采访影像即使播出 15 秒钟都已经算长的了。所幸的是，此次有机会以书籍的形式将节目内容保存下来，这全仰赖新潮社纪实编辑部是正田幹先生、冈田叶二郎先生，对此我们表示由衷的感谢。

最后，要感谢长期以来给予我们最大支持的“Close-up 现代 +”节目制作团队的各位。还有收看节目的各位观众，我们借此机会也再次表达感谢之情。

“Close-up 现代 +”节目《中年危机观察：失意的一代》专题片制作组全体成员

参考文献、资料

·公益财团法人“联合综合生活开发研究所”编　《如何避免出现新的就业冰河期世代——联合综合生活开发研究所就业冰河期世代研究会报告》，2016 年 10 月

·公益财团法人“横滨市男女共同参与推进协会”、一般财团法人“大阪市男女共同参与都市创生协会”、公立大学法人“福冈女子大学”、野依智子合编　《关于非正规雇用形式就业的独身女性社会援助的需求调查报告》，2016 年 3 月

·玄田有史著　《怎样创造希望》，岩波新书，2010 年

·藤田孝典著　《贫困危机》，每日新闻出版社，2017 年

·饭岛裕子著　《日本贫困女子》，岩波新书，2016 年

·山田昌弘、白河桃子合著　《婚活世代》，“发现者”丛书，2008 年

·山田昌弘著　《独身寄生族时代》，筑摩新书，1999 年

·平山亮、古川雅子合著　《“兄弟姐妹危机”：无业弟弟、不婚姐姐的将来谁来照料？》，朝日新书，2016 年

·荒川和久著　《“和父母同住的独身者”30 年增加了 3 倍的理由》，东洋经济在线，2018 年

·西文彦编　《与父母同住的未婚者的近况》，内阁总务省统计研究所，2017 年

·近畿律师联合会著　《低收入人群生活保障与扶养义务》，民事法研究会，2014 年

·奥田祥子著　《被“女性活跃”蒙骗了的人们》，光文社新书，2018 年

·天野馨南子著　《“爱媛方式”：向未婚化的挑战》，日生基础研究所，2017 年

·电影《就职战线无异状》，富士电视台制作，1991 年

本书执笔者简介

春日真人，1968 年出生，50 岁。1993 年入职 NHK，现任 NHK 大型策划开发中心编导主任，在“Close-up 现代 +”《中年危机观察：失意的一代》专题片中担任总制作人。其他参与制作节目主要有：NHK 特辑《百年难题是如何解开的》《神的算式》《NEXT WORLD 我们的未来》《新 · 影像的世界》等。

武田真一，1967 年出生，51 岁。1990 年入职 NHK，现任 NHK 节目解说员，《中年危机观察：失意的一代》专题片主播。曾担任《NHK 新闻 7》等多个新闻节目和报道特辑的主播。

中岛聪，1986 年出生，32 岁。2009 年入职 NHK，现任职于 NHK 制作局经济社会节目部。在“Close-up 现代 +”节目作为编导参与《中年危机观察：失意的一代》专题片的制作。其他参与制作节目主要有：纪实 72 小时《恐山：死者的场所》、《低档点心：孩子们的小宇宙》、《纽约自助洗衣房剧场》、无解说词纪录片《津轻雪的空港》等。

藤田成，1990 年出生，28 岁。2013 年入职日本电波新闻，在“Close-up 现代 +”节目作为编导参与《中年危机观察：失意的一代》专题片的制作。其他参与制作节目主要有：“Close-up 现代 +”《全新服装烧毁！14亿件剩货的背后》、《证言记录东日本大地震》第56集《宫城县松岛市：两辆列车，停车位置决定了生死》和第66集《宫城县仙台市：火舌迫近，殊死的空中灭火》等。

渡边隆文，1979年出生，39岁。2002年入职NHK，现任NHK大阪演播局制作人。在"Close-up现代+"作为编辑主任参与《中年危机观察：失意的一代》专题片的制作。其他参与制作节目主要有：NHK特辑《亚洲巨大遗迹——第1集：吴哥窟遗迹群》《完全解冻！冰人奥茨》《追踪！"凯蒂旋风"之谜》《治愈过敏症！》等。

图字：09－2021－594号

图书在版编目(CIP)数据

中年危机观察：失意的一代 / 日本NHK“Close-up现代+”节目编著；陆求实译. —上海：上海译文出版社，2022.11（2024.9重印）
（译文纪实）
ISBN 978－7－5327－9073－9

Ⅰ.①中… Ⅱ.①日… ②陆… Ⅲ.①纪实文学—作品集—日本—现代 Ⅳ.①I313.55

中国版本图书馆CIP数据核字(2022)第199955号

中年危机观察：失意的一代

［日］NHK“Close-up现代+”节目组/编著 陆求实/译
责任编辑/刘宇婷 薛 倩 装帧设计/邵旻 观止堂_未氓

上海译文出版社有限公司出版、发行
网址：www.yiwen.com.cn
201101 上海市闵行区号景路159弄B座
上海新华印刷有限公司印刷

开本 890×1240 1/32 印张 7.75 插页 2 字数 117,000
2022年12月第1版 2024年9月第2次印刷
印数：8,001—9,500册

ISBN 978－7－5327－9073－9/I·5639
定价：48.00元